光文社古典新訳文庫

賢者ナータン

レッシング

丘沢静也訳

光文社

Title : NATHAN DER WEISE
1779
Author : Gotthold Ephraim Lessing

目次

《483》は、光文社古典新訳文庫版の底本、フランクフルト版レッシング全集【Werke 1778-1780】の483ページのことです。

《483》

賢者ナータン――5幕の劇詩

さあ、入ってくるがよい、ここにも神々がいるのだから！

ゲリウス

［古代ローマの文筆家アウルス・ゲリウス（130～180AD）の『アッティカの夜』から］

《484》

登場人物

最高権力者《スルタン》サラディン
シター　サラディンの妹
ナータン　エルサレムに住む金持ちのユダヤ人
レヒャ　ナータンの養女
ダーヤ　キリスト教徒だが、ユダヤ人ナータンの家でレヒャの世話係をしている
若いテンプル騎士
イスラム教の托鉢僧（アル＝ハーフィ）
エルサレムの総大司教
キリスト教の修道僧
イスラム教徒の王族《アミール》（エミール・マンソール）。ほかに数名のサラディンの

奴隷あがりの親衛兵《マムルーク》

舞台はエルサレム

《485》

第1幕

第1場

舞台は、ナータン家の玄関。
ナータンが旅から戻ってくる。ダーヤがナータンを出迎える。

ダーヤ　あら！　ナータン様だ！——やれやれ、ようやく戻ってこられました。

ナータン　おお、ダーヤ、やれやれだ！——だが、どうしてようやくなんだね？　もっと早く戻ってくるつもりなんてなかった。もっと早く戻ってくることもできなかったし。エルサレムからバビロンまで〔直進で140ドイツマイルだが〕何百マイルもの旅だ。あちこち寄り道をする用があったからな。おまけに借金の回収なんて、すらすら運ぶものじゃない。簡単に片がつくものでもない。
ダーヤ　ああ、ナータン様、こちらにいらっしゃったら、それはそれは、ひどい目に遭われてたかもしれません！　このお家《うち》が……
ナータン　火事になった。と、聞いたが。――噂にすぎなければ、いいのだが！
ダーヤ　いいえ、あやうく丸焼けになるところでした。
ナータン　丸焼けになっていたら、新しい家を建てればいい。今より便利な家を。
ダーヤ　たしかにそうですね！――でも火事で、レ、レ、レヒャ様が間一髪のところで焼け死んじゃうところだったんですよ。
ナータン　焼け死んじゃう？　誰が？　私のレヒャが？　あの子が？――そんなこと聞いてないぞ。――そうか！《486》だったら、家なんか必要ない。――間一髪のところで焼け死ぬところだった？――いや！　焼け死んだのか？　本当は焼け死んだのだな！――さあ、どうなんだ！　本当は？――じらされるのは、死ぬよりつらい。――そうか、焼け死んだのか。
ダーヤ　もしも本当なら、こんなふうにお話ししてます？
ナータン　じゃ、どうして驚かせるんだ？――おお、レヒャ！　おお、私のレヒャ！

ダーヤ　旦那様の？　旦那様のレヒャ？

ナータン　あの子を私の子と呼べなくなってしまう日が来るとしたら！

ダーヤ　旦那様のものはどんなものでも、同じように、旦那様のものだと呼ぶ権利があるわけですか？

ナータン　いや、あの子こそ、私のものだと言う権利が一番ある。ほかのものはどれも、自然や幸運のおかげで授かったものだが。あの子だけは、私の徳によって、私のものになったのだよ。

ダーヤ　ああ、でも、親切なナータン様のおかげで、あたくしがどんなにつらい思いをしていることか！　ああいうお積もりでなさった親切を、親切と言えるのでしょうか！

ナータン　ああいう積もりで？　どういうことだい、それは？

ダーヤ　あたくしの良心が……

ナータン　ともかくまず、ダーヤ、私の話を聞いてくれ……

ダーヤ　あたくしの良心が、と、あたくしは言っているのですが……

ナータン　バビロンで、お前にすばらしい布地を買ってきてやったぞ。豪華なやつをな、趣味がよくて豪華なやつだ！　レヒャに買ってきた布地に負けないほど、すばらしい布地だ。

ダーヤ　それがどうしたというのでしょう？　どうしてもお伝えしなくちゃ。あたくしの良心がですね、もうこれ以上黙ってはいられないのです。

ナータン　それから腕輪と、耳飾りと、《487》指輪に首飾りもあるぞ。ダマスカスでお前のために選んでやった。お前の喜ぶ顔が見たいと思って。

ダーヤ　いつもこうなんだから、旦那様は！　プレゼントさえできれば、いいんでしょ！　プレゼントさえできれば！

ナータン　プレゼントなんだから、喜んで受け取ればいい。――何も言わずに！

ダーヤ　何も言わずに！――ナータン様が誠実で気前のいい方だってこと、誰も疑ってなんかいません。でも……

ナータン　でも、私はユダヤ人にすぎない。――ほら、そう言いたいんだろ、お前は？

ダーヤ　あたくしの言いたいことは、旦那様のほうがよくご存知で。

ナータン　だったら、何も言うな！

ダーヤ　何も言いません。あのことで旦那様に神罰が下るようなことになっても、あたくしには阻止することも、手加減してもらうこともできません。――できませんからね。――旦那様には神罰がふりかかりますよ！〔新約聖書『マタイによる福音書』27・24-25で、ピラトは、イエスを十字架につけることにしたとき、「この人が血を流すのは、私のせいじゃない。お前たちのせいだ」と言い、群衆が「その人の血は、われわれとわれわれの子孫にふりかかる」と応えた〕

ナータン　ああ、ふりかかればよい！――ところで、あの子はどこだ？　どこにいる？――ダーヤ、私をだましてるんじゃないだろうな？――私が戻ってきたことを、あの子は知ってるのか？

ダーヤ　あたくしのほうこそおたずねしたいわ！　レヒャ様はまだショックで、全身がわなわなと震えてらっしゃいます。何を考えても、火が燃えているんです。体が眠っているときには心が覚め、体が起きているときには心が眠っている。動物以下のものになったり、天使以上のものになったり。

ナータン　かわいそうに！　そんなものさ、われわれ人間は！

ダーヤ　今朝だって長いあいだ、目を閉じたまま横になってらっしゃった。死んだみたいに。でも突然、ぱっと飛び起きて、こう叫んだのです。「聞こえるでしょ！　聞こえるでしょ！　お父様のラクダの足音が！　聞こえるでしょ！　お父様の優しい声が！」――そのうちに目がとろんとし、頭が腕の支えを失って、《488》枕に落ちて、また眠ってしまわれた。――でもあたくしは、門から出てみたんです！　すると、どうでしょう、旦那様が本当に戻ってこられた！　本当に戻ってこられた！　別に不思議でも何でもありません！　あのとき以来、レヒャ様の心を占領していたのは、旦那様と――あの方だけでしたから。――

ナータン　あの方？　誰だね、それは？

ダーヤ　レヒャ様を火のなかから救い出してくださった方です。

ナータン　誰だったんだ？　それは誰？――どこにいらっしゃる？　誰が、私のレヒャを救い出してくれたんだ？　どういうお方なんだ？

ダーヤ　若いテンプル騎士の方です。ほんの数日前、このエルサレムに捕虜として収監されたのですが、サラディン様の恩赦に浴された方です。

ナータン　なんと？　最高権力者《スルタン》のサラディン様の恩赦を受けたテンプル騎士だと？　ちょっとやそっとの奇跡なら、レヒャの命は救われなかったわけだな？　おお、神よ！

ダーヤ　あの方が、思いがけず救われたご自分の命を、すぐにまた投げ出そうとしてくださらなければ、レヒャ様はおしまいでした。

ナータン　どこにおられるのかな、ダーヤ、その気高いお方は？——どこにおられる？　私を連れていって、その方の足もとにひざまずかせてくれ。お前に預けておいた金目《かねめ》のものは、とりあえず差し上げただろうな？　全部、差し上げたか？　もっと差し上げるつもりです、と言ってくれたか？　いや、それよりもっと、と？

ダーヤ　そんなこと、どうやって？

ナータン　できなかったのか？　できなかったのか？

ダーヤ　どこからともなく姿をあらわし、どこへともなく姿を消されたので。家の造りも間取りもまったく知らないまま、耳だけを頼りに、マントの前をはだけて、それで頭をおおい、炎と煙のなか、助けを求める声のほうへ勇敢に突進されたのです。姿が見えなくなったと思っていると、煙と炎のなかから突然、あたくしたちの前にあらわれ、たくましい腕にレヒャ様を抱きかかえておられました。

《489》あたくしたちが大喜びしてお礼を言っても、あの方はね、クールに動じることなく、抱きかかえていたレヒャ様を下ろすと、見物人にまぎれ込んで——そのまま姿を消されたわけですから！

ナータン　まさか、それからずっと会えないのか。

ダーヤ　その後2、3日ほどは、キリスト様のお墓［「聖墳墓教会」のつもりでレッシングは書いている］のまわりに影を落としているナツメヤシの木陰で、行ったり来たり散歩しているのをお見かけしました。あたくし、大喜びして近づいて、お礼を言い、言葉を尽くして、褒めそやし、お願いしました。——「どうか、もう一度、信心深いレヒャ様に会ってくださいませんか。レヒャ様は、あなた様の足もとにひざまずき、涙を流しながらお礼を申し上げるまで、心が休まることがございません」と。

ナータン　で？

ダーヤ　駄目でした！　どんなにお願いしても、耳を貸してくださらず、とくにあたくしには、ひどい皮肉を浴びせ……

ナータン　で、お前は、閉口して退散したんだね……

ダーヤ　とんでもない！　あたくしはね、毎日のようにあの方に近づいては、毎日のように馬鹿にされていたんですよ。どんなに侮辱されたことでしょう！　どんなに侮辱されても、あいかわらず喜んで耐えたことでしょう！　ところが、かなり前からお姿を見なくなりました。キリスト様のお墓のまわりに影を落としているナツメヤシの木陰には。どこにいらっしゃるのやら、誰にも分かりません。——旦那様、驚いてらっしゃいます？　考え込んでらっしゃいます？

ナータン　私が考えているのはね、レヒャみたいな子が今度のことで何を感じてしまうのか、ということなんだ。どうしても尊敬してしまう人にだよ、そんなに無視され、そんなに突き放されているのに、そんなに心を引かれている。——実際、きっと心と頭が長いこと言い争っているのだが、なかなか決着がつかない。人間嫌いになるか、憂鬱になるか。決着がつかないことも、しばしばだ。そしてその言い争いに、空想が割り込んでくると、当事者は熱をあげて夢中になる。そうなると頭が心を演じたり、心が頭を演じたりしてしまう。——具合の悪い代役だ！——《490》私の目に狂いがなければ、レヒャの場合は、心が頭の代役をやっている。熱をあげて夢中になっているんだよ、レヒャは。

ダーヤ　でも、とても信心深くて、とても感じのいいお嬢さんですよ！
ナータン　でも、熱をあげて夢中になっているんだ！
ダーヤ　とくにですね、あるひとつの——気まぐれな思いつきを、とでも言えばいいのでしょうか、とても大事にされてるんですよ。つまりですね、レヒャ様にとってあのテンプル騎士は、この世の人間じゃないんです。この世の存在じゃないんです。子どもの頃からレヒャ様は、天使たちが自分を守ってくれているのだ、と、かわいらしい胸で信じてらしてですね、その天使のひとりが突然、テンプル騎士の姿で、雲のなかから火のなかへあらわれたのだ、と思ってらっしゃるんです。その天使は、ふだんは雲のなかに隠れていて、レヒャ様のまわりに漂っているわけですが。——あら、笑ったりしないでください！——嘘とは限らないんだから。笑ってもいいけれど、レヒャ様の、この妄想だけは信じてあげてくださいな。妄想ですが、ユダヤ教徒とキリスト教徒とイスラム教徒が、ひとつになってるんですから。——とっても甘美な妄想なんですよ！
ナータン　私にとっても、とても甘美な妄想だ！——よし、働き者のダーヤ、様子を見てきてくれ。あの子がどんな具合か、私と話ができそうか、様子を見てきてほしい。——様子を聞いてから、粗野で気まぐれなその守護天使を探しに行くことにしよう。その守護天使が物好きにも、あいかわらずこの地上でわれわれ人間界を散歩し、あいかわらず無作法な騎士をやっているなら、きっと見つけて、ここに連れてこよう。

ダーヤ　ずいぶん行動力がおありですね、旦那様は。

ナータン　行動すれば、甘美な妄想が甘美な真実に席を譲る。——というのも、いいか、ダーヤ、人間にとっては、あいかわらず人間のほうが、天使より好ましいからさ。——しかしね、天使に夢中になっている子の熱を私が冷ましたら、ダーヤは私のこと、私のことを怒らないかな？

ダーヤ　旦那様って、本当に親切だわ。おまけに本当に意地悪！　あたくし失礼します！——でも聞こえますね！——でも見えますね！——ほら、レヒャ様ですよ。

《491》第2場

レヒヤ、ナーターン、ダーヤ。

レヒヤ　あら、お父様よね、本物の？　声だけ先に送り返されてきたのかと思ってた。どうしてすぐに顔、見せてくれなかったの？　どんなにたくさんの山が、砂漠が、川が、お父様とあたしを隔ててるわけ？　すぐそばまで帰ってきてるのに、レヒヤを抱きに、すっ飛んできてくれなかったの？　かわいそうにレヒヤは、お父様がいないあいだに火事に遭ったのよ！　もうちょっとで焼け死ぬところだった！　ほんとに、もうちょっとのところで。そんなに震えないで！　ぞっとするわね、焼け死ぬなんて。ああ！

ナーターン　レヒヤ、私のレヒヤ！

レヒヤ　ユーフラテス川、ティグリス川、ヨルダン川を渡らなきゃならなかったんでしょ。――それに、名前も知らない、いろんな川も。――そんなお父様のことを考えると、何度も身震いしたわ。火に包まれるまでは！　でも火に包まれてからは、水に溺れて死ぬほうが、気持ちよく元気になって救われるんじゃないか、と思っちゃった。――でもお父様は、溺れ死んだりしなかった。あたしも焼け死んだりしなかった。こんなにうれしいことはない。神様には、神様にはお礼を言わなくちゃ！　神様が、神様がね、お父様と、お父様の乗っている船を、目には見えない天使の翼に乗せて、不実で危ない川を渡してくれたんだから。神様が、神様がね、あたしの天使に合図してくれたので、あたしの天使が姿を見せて、あたしを白い翼に乗せて、火の中から救い出してくれたんだから。——

ナータン　〈白い翼だと！　そうか、そうか！　前をはだけた白いマントのことだな、テンプル騎士の〉

レヒヤ　姿を見せて、天使が姿を見せて、あたしを火の中から救い出してくれた。翼で火を払いのけて。だからあたし、あたしはね、天使をこの目で見たの。天使に会ったの。それもあたしの天使に。

ナータン　《492》レヒヤにはそれだけの価値があるんだろうね。レヒヤがその天使をすばらしいと思うように、その天使もレヒヤをすばらしいと思うだろう。

レヒヤ　（にっこりしながら）お父様、そのお世辞、誰に言ってるの？　天使に？　それとも自分に？

ナータン　だがね、ただの人間が、——自然が毎日のようにレヒヤのことを認めているのと同じように、ただの人間がだよ――そういうことをしてくれたとしても、お前にはその人が天使に見えるにちがいない。そう見えるにちがいないし、そう見えるんだろうね。

レヒヤ　天使に見えたんじゃない！　本物の天使よ。絶対に本物の天使だわ！――天使がいるかもしれないって、お父様から、お父様の口から教えてもらったじゃない。神様は、神様を愛する者のためには、奇跡だって起こすこともある、と。あたし、神様を愛してるんだから。

ナータン　そして神様もお前のことを愛している。そしてお前やお前のような人間のために、時々刻々、奇跡を起こしているのだ。いや、永遠の昔から、お前たちのために奇跡を起こしてきたのだ。

レヒヤ　そう言われると、うれしい。

ナータン　そうかい？　お前を救い出してくれたのが本物のテンプル騎士だったとしても、それは、ごく当たり前の、よく聞く話のように思える。でも、だからといって、それが奇跡じゃないとは言えないだろう？――本当の、純粋な奇跡は、われわれには日常的なものになるだろうし、日常的になるように定められている。

奇跡って、せいぜいそんなものなのさ。子どもたちは、口をあんぐり開けて、異常なものや真新しいものばっかり追いかける。そしてね、その種のものだけを、きっと奇跡だと思うのだろうが、そんな子どもだましまでを、ちゃんとものを考える人が奇跡だと呼んだのも、ごく普通の奇跡があるからこそなんだよ。

ダーヤ　（ナータンに）旦那様ったら、そんなにむずかしい話をなさって！　ただでさえ興奮しているレヒャ様の頭が、壊れてもいいんですか？

ナータン　《493》まあ聞きなさい！　レヒャの命を救ってくれたのがただの人間で、その人自身も、小さくはない奇跡のおかげでなんとか命を救われていた。それだけでも、レヒャにとっては十分、奇跡じゃないのかね？　そう、そのテンプル騎士が命を救われたのは、小さくはない奇跡なんだよ！　これまで誰も聞いたことがないんじゃないかな？　サラディン様がテンプル騎士を恩赦にしたことを？　テンプル騎士がサラディン様に恩赦を望んだことを？　恩赦を期待したことを？　テンプル騎士が自由の身になるために、剣を吊るした革のベルト以上のものを、いや、せいぜいのところ短剣以上のものを、サラディン様に差し出したことを？　［他の騎士とちがってテンプル騎士は、お金で釈放されることはなく、剣を吊るしたべルトと短剣を差し出すことによってのみ、つまり服従の姿勢をあらわすことによってのみ、死刑を免れることができた」

レヒヤ　それで分かったわ、お父様。――だからこそ、あの方はテンプル騎士じゃなかったのよ。そう見えただけ。――これまで捕虜になったテンプル騎士は、エルサレムに来れば、確実に死刑でしょ。エルサレムをあちこち自由に歩いたりしない。そんなテンプル騎士が、どうして夜に自分の意思で、あたしを救い出すことができたの？

ナータン　ほほう！　一理あるな。今度はダーヤの番だ。聞かせてもらおうか。テンプル騎士が捕虜になってエルサレムに送られてきた、と教えてくれたのは、お前だった。もちろん、もっと詳しいことを知っているんだろう。

ダーヤ　ええ、まあ。――たしかにそんな噂があります。――でも同時に、こんな噂もあるんです。サラディン様がテンプル騎士に恩赦をあたえたのは、サラディン様がことのほか大事にしていた兄弟のひとりと、テンプル騎士がそっくりだから、というものです。でもね、その弟が亡くなったのが、20年以上前のことなので、――あたくしはお名前も知りませんし、――どこに住んでいたのかも知らないんですよ。――ですからその噂は、まるで――まるで信じられない気がするんです。なにもかも作り話じゃないかと。

ナータン　おい、おい、ダーヤ！　どうしてそんなに信じられないのかな？　それは、――よくあることだが――むしろ、もっと信じられないことを信じるため、なんかじゃないだろうね？――兄弟姉妹を大事にするサラディン様が、若いときにひとりの弟を特別に大事にしていたとしても、おかしくないだろう？――
《494》ふたりの人間が似ているということは、よくあることじゃないかな？――昔の印象は、消えてしまうものなのか？――同じものが、同じ印象をあたえないというのか？――いつから？――その話の、どこが信じられないのか？――あ、もちろん、賢いダーヤにとっては、もう奇跡なんかではないのだろう。お前のいう奇跡だけが、必要なんだろうね。――いや、信じるに値するというわけだ。

ダーヤ　あたくしのこと、馬鹿にしてらっしゃいますね。

ナータン　お前が私を馬鹿にしているからな。――ところで、レヒャ、お前が救われたのも奇跡なんだよ。神にしか起こせない奇跡なんだ。王様たちの断固たる決意や無鉄砲な計画も、――神は馬鹿にはしないけれど――神のゲームにすぎず、神はそれをものすごく細い糸であやつって楽しんでるわけさ。

レヒャ　お父様！　分かってるでしょ。あたし、間違っていても、好きで間違えてるわけじゃないのよ。

ナータン　それどころか、レヒャは、人の言うことをよく聞く子だよ。――いいかね！　額が、こんな具合に突き出ているとか、鼻筋が、むしろこんな具合に通っているとか、眉が、角張った骨や丸みのある骨の上で、あちこちに曲がりくねっているとか、筋があったり、曲がっていたり、角があったり、シワがあったり、ほくろがあったりとか。要するに、野蛮なヨーロッパ人の顔には、これといった特徴なんてなかった。――で、お前は、火の中から助け出された。このアジアで！　奇跡に飢えているみなさん、それが奇跡じゃないとでも？　そのうえに、どうしてわざわざ天使まで持ち出すのかね？

ダーヤ　お言葉ですが――ナータン様、ひと言よろしいでしょうか。――それでもですね、救い出してくれたのが人間じゃなくて、天使だったと考えても構わないんじゃないでしょうか？　測り知れない第一原因に、それだけ近づいたと感じられるのではないでしょうか？

ナータン　思い上がりだな、まったくの思い上がり！　鉄の鍋は灼熱のるつぼから銀のハサミで引き出されたがる。《495》自分を銀の鍋だと思いたくて。——ふぅーっ！——ところがダーヤは、「そう考えても構わないんじゃないか」と言う。「何か問題でも？」と。だったら私も言わせてもらおうか。そんなふうに考えて、何の役に立つ？——お前は「神様にそれだけ近づいたと感じられる」と言うが、そういう言い方はナンセンスで、神を冒瀆《ぼうとく》することになるからだ。——それは、まずい。たしかに、まずい。——さあ、よく聞いてほしい！——いいかな？　レヒャを救ってくれたお方に対しては、——その方が天使であれ、人間であれ——、お前たちは、とくにレヒャは、山のようにたっぷりご恩返しがしたいと思っている。——いいかな？——そこで、相手が天使なら、お前たちには、どんなご恩返しが、山のようなご恩返しができるというんだ？　天使にお礼を言い、あこがれのため息をついて、祈りを捧げるのか。天使にうっとりして、とろけるほど身を焦がすのか。その天使の祝日には断食して、喜捨するのか。——そんなことをしても無駄だ。——だってね、そんなことしたって、お前たちや、お前たちの隣人のほうが、天使よりずっと得をしているように、いつも思えるからだ。

お前たちが断食をしても、天使が食べるわけじゃない。お前たちが献金しても、天使が金持ちになるわけじゃない。お前たちが恍惚《こうこつ》となっても、天使がかっこよくなるわけじゃない。お前たちが信頼しても、天使が力持ちになるわけじゃない。そうだろ？　だが、人間なら、そうじゃない！

ダーヤ　ええ、たしかに、あの方が人間なら、あたくしたちにもご恩返しする機会をもっと与えてくれたことでしょう。もちろん、あたくしたちもそのつもりでした！　でも、あの方は、まったく何も欲しくない、必要ないというお顔で、人を寄せつけず、自給自足のご様子。ああいうのは天使だけ、天使にしかできないことだわ。

レヒャ　そして、とうとう完全に姿を消しちゃった……

ナータン　姿を消した？――どうして、姿を消したと言えるんだ？――ナツメヤシの木陰に姿をあらわさなくなっただけじゃないのか？　どうして？　本気で探してみたのか？

ダーヤ　いいえ、そこまでは。

ナータン　探してないのか、ダーヤ？　探してない？――それなのに、「そう考えても構わないんじゃないでしょうか」と言うわけか！——熱をあげると、恐ろしいことになるぞ！——じゃあ、その天使がだよ、——たとえば、病気になったとしたら！……

ダーヤ　《496》病気に！　天使は病気になんてなりません！

レヒヤ　すごい寒気がするわ！——ダーヤ！——あたしの額、いつも温かいのに、ほら触って！　突然、氷みたい。

ナータン　ヨーロッパのフランク人だから、こちらの気候には慣れていない。若いし、テンプル騎士の仕事もつらく、飢えや見張り番にも慣れていない。

レヒヤ　ご病気なんだ！　ご病気なんだ！

ダーヤ　ご病気かもしれない、とナータン様がおっしゃってるだけですよ。

ナータン　病気で寝ているんだ！　友達もいないし、世話してくれる人を雇うお金もない。

レヒヤ　まあ、お父様！

ナータン　看病してもらえず、話し相手もなく、慰めてももらえない。そのまま痛みと死の餌食になる。

レヒャ　どこ？　どこにいらっしゃるの？
ナータン　見ず知らずの女のために――その女が人間だというだけの理由で――火の中に飛び込んだ男は……
ダーヤ　ナータン様、お嬢様をいじめないでください！
ナータン　救ってやったけれど、知り合いにはなりたくない。二度と会いたくもない。――お礼を言われたくないからだ……
ダーヤ　お嬢様をいじめないでください、ナータン様！
ナータン　それ以上会うことは望まなかった。――それが人間だというだけの理由で――もう一度、救ってやらなければならない場合は別として……
ダーヤ　やめてください！　ほら、レヒャ様が！
ナータン　死にかかっている自分を慰めてくれるものは、ただひとつ。――レヒャを救い出したという記憶だけ！
ダーヤ　やめてください！　レヒャ様を殺すつもりですか？
ナータン　いや、レヒャのほうこそ、彼を殺したのだ！――こうやって殺しかねなかったのだぞ。――レヒャ、レヒャ！　《497》私がお前に処方してやったのは、毒じゃなく、薬なんだ。彼は生きてるよ！――さ、しっかりするんだ！――彼は病気じゃないだろう。病気なんかじゃない！

レヒャ　本当に？――死んでないのね？　病気じゃないのね？

ナータン　本当さ、死んじゃいないさ！――神様は善行には報いてくださるからね。この世でやったことは、この世で報われる。――さ、いいか！――分かるかな。信心深く夢中になって熱狂するほうが、よい行動をするより、どんなに楽なことか！　だらけきった人間にかぎって、信心深く夢中になって熱狂したがるものだ。それはね、――さしあたり、はっきりその気がなくとも――ともかく信心深く夢中になって熱狂しておけば、よい行動をしなくてすむからだ。

レヒャ　ああ、お父様！　どうか、どうか、もう二度とレヒャをひとりにしないで！――そうよね、あの人、旅に出ただけなのかもしれないわけだし。――

ナータン　何だって？――いや、たしかにそうかもしれない。――おや、あそこで物珍しそうに、私の荷物を積んだラクダを見ているイスラム教徒がいるぞ。お前たちの知り合いなのか？

ダーヤ　あら！　旦那様もご存知の托鉢僧だわ！

ナータン　誰だ？
ダーヤ　ほら、チェス仲間の托鉢僧ですよ。
ナータン　アル＝ハーフィ？　あのアル＝ハーフィか？
ダーヤ　今は、最高権力者《スルタン》の金庫番です。
ナータン　ん？　アル＝ハーフィ？　また夢でも見てるのか？——いや、アル＝ハーフィだ！——たしかにアル＝ハーフィだ！——こっちにやって来るぞ。さ、「イスラム教徒は、家族以外では、ベールを被《かぶ》っていない女性を見てはならないので」お前たちは急いで中へ！——何の用だろう？

《498》第3場

ナータンと托鉢僧。

托鉢僧　目をしっかり開けて、見るんだな！

ナータン　君だったのか？　いや、人違いかな？——そんなりっぱな格好して、托鉢僧とはね！……

托鉢僧　ん？　何か問題でも？　托鉢僧がこんな格好しちゃいけないのかな？　ずっと托鉢僧でいなきゃならないとでも？

ナータン　いや、そんなことはない！　ただ私はいつも、托鉢僧なら——本物の托鉢僧ならさ——ずっと托鉢僧で通すんじゃないか、と思ってたもので。

托鉢僧　いや、参ったな！　おれが本物の托鉢僧じゃないってのは、そうかもしれない。しかもさ、そうするしかない、となれば——

ナータン　そうするしかない？　托鉢僧が？——托鉢僧が、そうするしかない？　人間には、そうするしかないことなんてないはずなのに、托鉢僧には、あるのか？　いったい、どういうことなんだ、それは？

托鉢僧　托鉢僧が本気で頼まれたことで、托鉢僧もそれがよいことだと判断するなら、いくら托鉢僧でも、それをするしかない。

ナータン　なるほど！　それもそうだな。——では、抱き合って挨拶しよう。私たちは、あいかわらず友達だろ？

托鉢僧　おれが何になったのか、聞かないのか？
ナータン　何になっても、関係ないさ！
托鉢僧　おれが国に宮仕えする身になっちゃってたら、そんな奴と友達だなんて、具合が悪いんじゃないか？
ナータン　心が托鉢僧のままなら、構わないさ。国に宮仕えの身というのは、君の衣装にすぎない。
托鉢僧　その衣装もなかなかのものなんだぞ。――どんな衣装だと思う？　当ててみて！――おれがナータン家で宮仕えするとしたら、どんな仕事をするのかな？
ナータン　托鉢僧だな。それ以外にない。いや、ほかに頼むとすれば、おそらく――料理番だ。
托鉢僧　そんなところか！《499》あんたのところで働くと、おれの腕も鈍《なま》りそうだ。――料理番か！　酒蔵番はどうだ？――じつはな、サラディン様のほうが、おれのことよく分かっておいでだ。――おれさ、金庫番にしてもらったんだぞ。
ナータン　君が？――サラディン様の？
托鉢僧　いいか、金庫といっても、小さいほうの金庫だ。――大きいほうの金庫、つまり国庫は、サラディン様の父上がまだ管理しておられるから――サラディン家の金庫だ。

ナータン　サラディン家だって、大きいじゃないか。

托鉢僧　あんたが考えている以上に大きい。物乞いもサラディン家を当てにしてるからな。

ナータン　でもサラディン様って、物乞いを目の敵《かたき》にしてるじゃないか。――

托鉢僧　ああ、物乞いなんて根こそぎにしてやろうと企んでるほどに。そのせいで自分が物乞いになっても構わない、とさえ思っている。

ナータン　すばらしい！――私もまったく同感だ。

托鉢僧　ところがサラディン様は、すでに物乞い同然でね！――サラディン家の金庫は、毎日、日が暮れると、すっかり底をつく。朝、上げ潮でも、昼には、とっくに潮が引いている。――

ナータン　いくつも運河があって、上げ潮があちこちへ呑み込まれてしまうからね。運河を満水にしたり塞《ふさ》いだりすることも、できないわけだし。

托鉢僧　まさにそうだ！

ナータン　よく分かるよ！
托鉢僧　君主が屍肉を漁《あさ》るハゲタカなら、もちろん具合が悪い。でもさ、君主がハゲタカに漁《あさ》られる屍肉だったら、十倍も具合が悪い。
ナータン　それは困るね、托鉢僧としては！　それは困る！
托鉢僧　他人事《ひとごと》だから、気楽に相槌《あいづち》が打てるわけだ！――じゃ、あんた、どれくらい出してくれる？　金庫番、代わってやってもいいんだぜ。
ナータン《500》金庫番やると、どれくらい入るのかね？
托鉢僧　おれにか？　そんなにたくさんは入らない。だが、あんたが金庫番になれば、がっぽり手に入れることができる。金庫には干潮がある。――よくあることだがね、――そのときにさ、水門を開ける。つまり、あんたが立て替える。で、好きなだけ、利息を取るんだ。
ナータン　利息の利息の、そのまた利息も？
托鉢僧　もちろん！
ナータン　私の元金が、すべて利息からできているようになるわけか。
托鉢僧　おいしい話だろ？――こいつに乗らないなら、さっさとおれたちの友情に縁切り状を書いてくれ！　本当にあんたを当てにしてたんだから。

ナータン　本当に？　でも、どういうことを？　でも、どういうことを？

托鉢僧　おれが金庫番の仕事をまっとうできるように、助けてもらえないかな。つまりさ、いつでもあんたから、金を貸してもらえるようにしてもらいたいんだ。――お、首を縦にふってくれないのか？

ナータン　そうだね、おたがい理解しあっておこう！　ここにはけじめが肝心だ。――君なら？　そう、君なら、問題はない！　托鉢僧のアル＝ハーフィなら、いつでも歓迎する。私にできることなら何でもする。――だが、サラディン家の金庫番、アル＝ハーフィとなると――そいつは――

托鉢僧　思ってた通りだ！　あんたはいつも、親切でありながら利口で、そのうえ利口でありながら賢い！――ちょっと辛抱してくれ！　あんたが区別してくれたこのアル＝ハーフィ様とは、もうすぐお別れするつもりなんだ。――見てくれ、サラディン様から拝領した、このりっぱな服を。こいつだって、托鉢僧の衣のように色あせるし、ボロボロになる。そうなる前に、おれはこいつをエルサレムで脱ぎ捨てて、ガンジス川のほとりを歩いてるんだ。はだしで足取りも軽く、おれの師匠たちといっしょに、熱い砂を踏んで。

ナータン　君らしいじゃないか！

托鉢僧　そして師匠たちとチェスをする。

ナータン　《501》それが、君にとって最高の宝物だ！

托鉢僧　おれがどうして金庫番の仕事に誘惑されたか、考えてもらいたい！——おれ自身、もう物乞いなんてしなくてすむから？　物乞いを相手に金持ちのふりができるから？　一番心の豊かな物乞いを、あっという間に、心の貧しい金持ちに変えることができるから？

ナータン　いや、そうじゃないだろう。

托鉢僧　もっと趣味の悪い理由なんだ！　おれはな、生まれてはじめて、いい気分にさせてもらってね。サラディン様の、気立てのいい思い込みのおかげで、いい気分になっちゃったんだ。——

ナータン　というと？

托鉢僧　「物乞いの気持ちがわかるのは、物乞いだけだ。物乞いに施すときに、いいやり方を心得ているのは、物乞いだけだ。だが、お前の前任者は」と、サラディン様がおっしゃった。「あまりにも冷たくて、あまりにも手荒かった。施すときには、不親切で。ずけずけと遠慮なく相手の身元をたずね、困っていると聞いただけでは、満足せず、その理由まで知りたがり、施しの額をその理由によってケチケチ査定する。そんなこと、アル＝ハーフィなら、しないだろう！　ハーフィがサラディンの代理なら、無慈悲な慈悲を施していると思われることはないだろう！　アル＝ハーフィなら、詰まった管にはならない。静かで澄んだ水を受け取っておきながら、ゴボゴボ泡を立てて濁った水を吐き出したりはしない。アル＝ハーフィなら、わしと同じように考え、感じてくれるはずだ！」──鳥刺しの笛があんまりきれいだったから、お人好しの鶯《ウソ》が網にかかっちゃったのさ。──おれって、頓馬《とんま》な見栄っ張りだろ！　まったくもって頓馬な見栄っ張りだ！

ナータン　落ち着くんだ、托鉢僧、落ち着くんだ！

托鉢僧　しかし、どうだ！──頓馬な見栄っ張りも、いいとこじゃないか。サラディン様はさ、何十万という人間に対しては、抑えつけ、《502》疲弊させ、略奪し、拷問し、首を絞めておきながら、わずかな数の人間には、博愛者のような顔を見せようとしてるんだから！　神のような至高の存在者なら、善にも悪にも、沃野《よくや》にも砂漠にも、分け隔てなく陽の光となり、雨を降らせて、慈悲をそそいでくださるが、――サラディン様はその猿真似にすぎん。おまけにさ、至高の存在者とちがって、あふれんばかりに手持ちがあるわけじゃないのに！　どうだ！　頓馬な見栄っ張りも、いいとこじゃないか……

ナータン　もういい！　やめてくれ！

托鉢僧　おれの頓馬な見栄っ張りについても、ちょっと言わせてくれないか！――どうだろう？　そんな猿真似の見栄っ張りにもいいところがあるんなら、そいつを嗅ぎつけてやるというのも、頓馬な見栄っ張りじゃないか？　いいところがあるなら、猿真似の片棒をかついでやるというのは？　どうだ？　悪くないんじゃないか？

ナータン　アル＝ハーフィよ、さっさと砂漠に戻る支度をしたらどうだ。あいにく人間たちの中にいると、君は、自分が人間であることを忘れたがるようだから。

托鉢僧　確かにな、おれもそう思う。では、ご機嫌よう！

ナータン　そんなに急ぐのか？――ちょっと待ってくれ、アル＝ハーフィ。砂漠が逃げるとでも言うのか？――ちょっと待ってくれ！――聞こえないのか！――おーい、アル＝ハーフィ！　戻ってこい！――ああ、行っちゃったか。あのテンプル騎士について聞きたかったのに。アル＝ハーフィなら、知ってるだろうと思ったのに。

第4場

ダーヤが急いで登場する。ナータン。

ダーヤ　ああ、ナータン様、ナータン様！
ナータン　どうした？　何があった？
ダーヤ　《503》あの方が、また姿をお見せになった！　また姿をお見せになった！
ナータン　誰のことだい、ダーヤ？　誰のこと？
ダーヤ　あの方ですよ！　あの方ですよ！
ナータン　あの方が？　あの方が？――姿くらい見せるだろうさ！――そうか、お前たちは「あの方」としか呼んでいないのか。――だが、それはよくない！　天使だろうと、名前くらいあるだろう！

ダーヤ　ナツメヤシの木陰を行ったり来たり、散歩されてます。ときどきナツメヤシの実をもぎながら。

ナータン　食べているのか？――テンプル騎士の姿で？

ダーヤ　あたくしを困らせないでください。――レヒャ様が、うっそうとしたナツメヤシの木陰に、じりじりした思いで目をこらしていて見つけたんです。夢中になって姿を追ってらっしゃる。――そしてですね、旦那様には、ぜひ――どうか、ぜひ――あの方のところへすぐ行っていただきたい、と願ってらっしゃいます。さ、お急ぎください！　あの方がこちらに向かっているのか、離れていくのか、お嬢様が旦那様に窓から合図なさいます。さ、お急ぎください！

ナータン　私が？　ラクダから降りたばっかりなのに？――こんな格好じゃ、失礼にならないか？――いや、それよりお前が行って、私が戻ってきたとお伝えしてくれ。いいか、ちゃんとした方だから、私の留守中に私の家に入ろうとしなかっただけかもしれない。娘の父親に招待されたとなると、嫌とは言わないはずだ。さあ、行くんだ。娘の父親が心からお待ちしております、と言ってきてくれ……

ダーヤ　そんなことしても無駄です！　いらっしゃいませんよ。――だって、ユダヤ人の家なんですから、いらっしゃいません。

ナータン　そうか、だったら行って、せめてお引き止めしておいてくれ。ともかく行って、彼から目を離さないように。

ナータンは急いで家に入り、ダーヤは急いで出かける。

《504》第5場

舞台は、ナツメヤシの木陰がある広場。ナツメヤシの木陰をテンプル騎士が行ったり来たりしている。そのあとを修道僧がちょっと距離をおいて脇のほうからつけている。今にも話しかけたそうにして。

テンプル騎士　あいつ、あとをつけてくるが、退屈しのぎじゃないらしい！——ほら、ぼくの手を横目で見てるぞ！——こんにちは、修道僧さん。——いや、神父さん、かな？
修道僧　いえ、ただ修道僧、と。——わたくしは助修士にすぎませんので。
テンプル騎士　では、修道僧さん。持ち合わせがあればいいんだが！　残念！　残念ながら、無一文なもので。——
修道僧　まことにありがとうございます！　そのお気持ちに対して、神が千倍にしてお報いくださいますように。施しで大切なのは、気持ちであって、物ではありませんから。——それに、わたくしが騎士殿のもとに遣わされたのは、施し物のためではありません。
テンプル騎士　えっ、遣わされた？
修道僧　はい、修道院から。
テンプル騎士　ついさっき、ぼくはそこで、巡礼者用の食事サービスにあずかろうと思ったのだが！
修道僧　すでに満席でした。ですが、わたくしといっしょに戻りませんか。

テンプル騎士　どうして？　たしかに長いあいだ肉を食べてない。だが、それがどうした？　ナツメヤシの実が熟している。

修道僧　ナツメヤシの実には用心してください。食べすぎると、よくありません。脾《ひ》臓《ぞう》を塞いで、血に影響して、憂鬱な気分になります。

テンプル騎士　でも、憂鬱な気分になりたいのなら？——でも、そんなことを忠告するために遣わされたわけじゃないでしょ？

修道僧　《505》もちろん違います！——わたくしはですね、騎士殿のことを調べてくるようにと言われております。騎士殿の腹をさぐるようにと。

テンプル騎士　それをこのぼくに、わざわざ言う？

修道僧　いけませんか？

テンプル騎士　〈したたか者だな、この修道僧！〉——あなたの修道院には、あなたみたいな人、ほかにもいるんですか？

修道僧　知りません。わたくしは、言われたことをするだけでして。

テンプル騎士　じゃ、あまり考えもせず、言われたことをそのままやっているわけ？

修道僧　それが、言われたことをする、ということではないかと？

テンプル騎士 〈単純さには、いつも一理があるもの!〉——誰がぼくのこと知りたがっているのか、教えてもらってもいいでしょ?——あなたでないことは、絶対に確かでしょう。

修道僧 ええ、そんなこと、わたくしの柄でもなければ、わたくしの役にも立ちません。

テンプル騎士 じゃ、その好奇心はさ、誰の柄に合って、誰の役に立つわけ? いったい誰の?

修道僧 総大司教ですね、きっと。——わたくしを騎士殿のところへ遣わされたのも、総大司教ですし。

テンプル騎士 総大司教なのか! 総大司教なら、白いマントに赤い十字架のことは、一番よく知っているはずだが?

修道僧 ええ、このわたくしですら!

テンプル騎士 修道僧さんも? では、なぜ?——ぼくはテンプル騎士で、おまけに捕虜だ。——つけ加えると、捕虜になったのは、「エルサレムの北に位置する都市ティルスの要塞で、1187年にサラセン人(=イスラム教徒)に占拠された」テブニンでね。テンプル騎士団はその要塞を、［1192年に3年3か月の期限で結んだ］停戦協定が切れると同時に攻略して、［ティルスの東北に位置する港町］シドンに向かう予定だった。――つけ加えるなら、《506》捕虜になったのは、ぼくを含めて20名で、ぼくだけがサラディンに恩赦された。以上が、総大司教が必要とする情報だ。――いや、それ以上の情報かな。

修道僧　いえ、それでは必要以上の情報とはいえませんね。――つまり総大司教がお知りになりたいのは、なぜ、あなたがサラディンに恩赦されたのか、ということなんです。あなたひとりだけが。

テンプル騎士　ぼくが知ってるとでも言うのかい？――ぼくはね、首を差し伸べて、ぼくのマントの上にひざまずき、刀が振り下ろされるのを待っていた。そのときサラディンが、さらに鋭い目でぼくを見つめ、ぼくのそばに飛んできて、合図したんだ。ぼくは助け起こされ、いましめを解かれた。サラディンに礼を言おうとしたら、サラディンの目が涙で濡れていた。サラディンは黙ったまま、ぼくも黙ったまま。サラディンは立ち去り、ぼくはその場に残った。――これが、どんな具合につながっているのか、謎解きは総大司教にお任せしよう。

修道僧　総大司教の推測では、神があなたを大きな、大きな仕事のために生かしておかれたにちがいないのでは、と。
テンプル騎士　なるほど、大きな仕事のためか！　ユダヤ人の娘を火の中から救い出し、物好きな巡礼の護衛をして聖地シナイ山へ、などなどというわけだな。
修道僧　いや、まだこれからも大きなお仕事が！――耳寄りな話も控えているようで。――もしかすると総大司教でさえ、あなたには、もっと大きなお仕事をすでにご用意かもしれません。
テンプル騎士　へえ？　そう思います？――総大司教は、修道僧さんにも何か漏らされたのかな？
修道僧　はい、たしかに！――ともかく、騎士殿が大仕事にふさわしい人物であるかどうか、しっかり騎士殿を調べてこい、と。
テンプル騎士　だったら、しっかり調べればいい！〈どうやって調べるのか、お手並み拝見だ！〉――さ、どうする？
修道僧《507》総大司教の願いをそのままそっくり騎士殿にお知らせするのが、一番手っ取り早いかと。

テンプル騎士　いいだろう！
修道僧　ある小さな書簡を託すので、あるところへ届けていただきたいと。
テンプル騎士　ぼくに託して？　使い走りじゃないぞ、ぼくは。――そんなことが、ユダヤ人の娘を火の中から救い出すことより、はるかに光栄な仕事なのか？
修道僧　きっとそうなのです！　というのも――総大司教のお話では――その書簡は、キリスト教界全体にとって大変に重要なものだそうです。その書簡をちゃんと届ければ、――総大司教のお話では――天国に行ったとき、神から特別にすばらしい冠を授けられるそうです［新約聖書『ヨハネの黙示録』2・10「死に至るまで忠実であれ。そうすれば、あなたに命の冠を授けよう」］。そしてその冠に一番ふさわしいのが、――総大司教のお話では――騎士殿なのだそうで。
テンプル騎士　ぼくが一番ふさわしい？
修道僧　というのも、うまくその冠に値する者になれるのは、――総大司教のお話では――騎士殿のほかにはいないだろう、とも。
テンプル騎士　ぼくのほかにいない？
修道僧　あなたは――総大司教のお話では――、このエルサレムで自由の身。この地ではどこへでも行ける。都市を攻撃し防御するやり方を心得ている。あなたは、サラディンが城に新しく築いた第2内壁の長所と短所を、一番よく知っているし、総大司教によれば、それを神の戦士たちに一番わかりやすく説明することもできる。

テンプル騎士　修道僧さん、その書簡の内容をもっと詳しく教えてもらえないかな。

修道僧　《508》内容のほうは、――わたくし、よく知りません。が、宛先はフィリップ王［フランスの尊厳王フィリップ2世のこと。イングランドの獅子王リチャード1世とともに十字軍に参加した。時期的にはズレがあるので、レッシングの創作でもある］。――総大司教はですね、――わたくし、つねづね驚いていることですが、ふだんは高き空の住人である聖者であるにもかかわらず、地上のことにも精通されており、俗世間に降りてこられることもあるのです。さぞ不愉快な思いをなさるはずなのに。

テンプル騎士　で、総大司教は？――

修道僧　じつに正確に、じつに確実にご存知です。もしも戦争が全面的に再開された場合、サラディンが、どんな具合に、どこで、どれくらいの兵力で、どの方面から進撃を開始するのか。

テンプル騎士　それを、総大司教が知っている？

修道僧　はい。で、それをフィリップ王に知らせたいとお考えなのです。その情報があれば、フィリップ王も、どれくらい恐ろしい危険が迫っているのか、だいたいの推測がつきますからね。あなたのテンプル騎士団が大胆にも破棄された停戦協定を、どんな犠牲を払ってでも、ふたたび結ぶべきかどうか、も。

テンプル騎士　おお、すごい総大司教だな！――そういうことなのか！　その勇敢なお方は、ぼくに、ただの使い走りをさせようというんじゃなく――スパイになれ、と言っているわけだ。――修道僧、君の総大司教に伝えてくれ。「どんなに詳しくあのテンプル騎士のことを調べてみても、その仕事はあのテンプル騎士には向いてないようです」と。――「あのテンプル騎士は、きっとまだ自分を捕虜だと思っています。テンプル騎士の唯一の任務は、剣を振り回して敵陣に切り込むことであって、情報係じゃありません」と。

修道僧　そう言われると思っていました！――そんなことで、わたくしは騎士殿のことを悪くなんか思いません。――《509》一番大事な話は、これからなんですから。——サラディンの父君は用心深い人物で、軍隊の給料を払ったり、軍備を賄ったりするために、莫大な金額を要塞に隠しているのですが、総大司教はですね、その要塞が何という名前なのか、レバノンのどこにあるのか、まで探り出されておられるのです。で、サラディンはときどき、間道を使ってその要塞へ出かけています。ほとんどお供もつれずに。——ご存知でした？

テンプル騎士　いや、まったく！

修道僧　だったら、サラディンを捕まえて、息の根を止めることなど、簡単じゃありませんか？——おや、震えてらっしゃいます？——それでですね、すでに敬虔なマロン派［レバノンを中心とするキリスト教徒］の何人かが、手を上げてくれているんです。「もしも、確たる人物がリーダーに名乗りを上げるなら、その仕事をやってもいい」と。

テンプル騎士　で、総大司教は、その確たる人物としてぼくに白羽の矢を立てた？

修道僧　総大司教のお考えだと、その計画では、フィリップ王にはプトレマイス［＝アッコ。地中海に面した西ガリラヤ地方の港町。1191年、フランスの尊厳王フィリップ2世とイングランドの獅子王リチャード1世によって、イスラム勢力から奪還された」の方面から加勢してもらうのが一番なんです。

テンプル騎士　で、ぼくに？　このぼくに加勢する？　ぼくに？　たった今、君に話したばかりじゃないか。ぼくがサラディンにどんな恩義があるのかを！

修道僧　はい、たしかに聞きました。

テンプル騎士　で、それにもかかわらず？

修道僧　はい、――総大司教のお考えでは――それはそれで結構な話だが、神と修道会としては……

テンプル騎士　計画に変更はない！　だが、そんな破廉恥な仕事をぼくに命じるわけがない！

修道僧《510》確かにそうです！――ただですね、――総大司教のお考えでは――人間の目には破廉恥な仕事でも、神の目には破廉恥な仕事ではない。

テンプル騎士　サラディンに命を助けられたぼくが、サラディンの命を奪うのか？

修道僧　ふん！――でもですね、――総大司教のお考えでは――サラディンはあいかわらずキリスト教界の敵でしてね、あなたの友達になる権利なんてないんですよ。

テンプル騎士　友達？　ぼくはさ、サラディンに対して卑劣漢になりたくないだけなんだよ。恩知らずの卑劣漢にはね！

修道僧　もちろんですよ！――それにですね、――総大司教のお考えでは――わたくしたちが何かの恩を受けたとしても、それがわたくしたちのためになされたのでなければ、それを恩に着る必要はない。神の前でも、人の前でもね。そして噂によると、――総大司教のお考えでは――あなたがサラディンに恩赦されたのは、ただ、あなたの顔立ちや、あなたの物腰に、サラディンの弟君を思い出させるものがあったからにすぎないのだ、と……

テンプル騎士　そんなことまで総大司教は知っているのか。それなのに？――ああ！それが本当なら！　ああ、サラディン！――しかし、どうだ？　自然が、ぼくの顔にほんのわずかでもあなたの弟の顔に似たところを造っていたなら、ぼくの心にもあなたの弟の心に似たところがあるのではないか？　その部分を、総大司教なんかに気に入られるために、どうして抑えることができるというのだ？――自然よ、お前は嘘をつかない！　神は、神の造作物において矛盾を犯すことはない！――消えろ、修道僧！――ぼくを怒らせないでくれ！――消えろ、消えるんだ！

修道僧　消えますよ。やってきたときよりも満足して、消えます。失礼いたしました。わたくしども修道僧は、上の者に言われたようにする義務がありましてね。

《511》第6場

テンプル騎士とダーヤ。ダーヤは、しばらくのあいだ遠くからテンプル騎士を観察していたのだが、テンプル騎士に近づいていく。

ダーヤ　修道僧さんが、あの方のご機嫌を損ねたみたい。――でも、あたくしだって、当たって砕けるしかないか。

テンプル騎士　こいつは、すばらしい！――「坊主と女、女と坊主は、悪魔の両手の爪」って諺《ことわざ》、嘘だろ？　悪魔のおかげで、今日は、坊主のつぎに女だ。

ダーヤ　おや、まあ！――テンプル騎士様では？――うれしい！　本当にうれしゅうございます！　これまで、いったいどちらにいらっしゃったのですか？――まさか、ご病気だったのでは？

テンプル騎士　いえ。

ダーヤ　お元気でした？

テンプル騎士　ええ。

ダーヤ　あたくしたち、本当に心配していたんですよ。

テンプル騎士　そうですか？

ダーヤ　きっと旅行にでも？

テンプル騎士　その通り！

ダーヤ　で、今日やっとこちらに？

テンプル騎士　昨日だけど。

ダーヤ　レヒャ様のお父様も、今日、戻られました。で、ですね、レヒャ様のお願いなんですが。

テンプル騎士　お願い？

ダーヤ　何度もお願いさせていただいたことですが、今度は、レヒャ様の父上がじきじきに、あなた様をぜひお招きしたいと申しております。バビロンから20頭のラクダに高荷を積んで、帰ってらしたところです。インドやペルシアやシリア、それにシナのものまで、高価な香料に、宝石に、布地にと、貴重な品の数々を仕入れて。

テンプル騎士《512》何も買わないよ。

ダーヤ　ユダヤ人のあいだで旦那様は殿様のように尊敬されているんです。賢者ナータンと呼ばれています。でも、あたくしには、どうしてお金持ちと呼ばれないのか、しばしば不思議な気がするんです。

テンプル騎士　ユダヤ人にとって、お金持ちと賢者は、もしかしたら同じ意味なのかな。

ダーヤ　でも旦那様は、なによりまず善人と呼ばれるべきお方。どんなに善い方なのか、あなた様には想像がつかないでしょうが。旦那様はね、あなた様がレヒャ様の命の恩人だ、と聞いた瞬間、あなた様のためなら何でもして、何もかも差し出すつもりになられたのよ！

テンプル騎士　おや、おや！

ダーヤ　ぜひ一度、お越しになって、その目でお確かめください！

テンプル騎士　いったい何を？　瞬間なんて、あっという間に過ぎちゃうものだよ！

ダーヤ　あんなに善い方でなかったら、あたくし、こんなに長いあいだお仕えしてません。あたくしにはキリスト教徒としての自尊心がない、とでもお考えですか？　夫についてパレスチナに来ることになり、ユダヤ人の女の子の養育係になるなんて、あたくし、夢にも思いませんでした。あたくしの夫はね、フリードリヒ皇帝［神聖ローマ帝国の赤髭王《バルバロッサ》フリードリヒ1世（1122〜1190）］の軍隊で、りっぱな近習でしたのよ。――

テンプル騎士　生粋のスイス人で、ありがたくも名誉なことに皇帝陛下といっしょに［小アジア南東部、キリキアのサレフ］川で溺れ死んだ、だろ。――おい！　何回、その話を聞かされたことか！　ぼくにつきまとうの、やめてもらえないか？

ダーヤ　つきまとうですって！　とんでもない！

テンプル騎士　いや、現にこうやって、つきまとってるじゃないか。ぼくはね、君の顔なんて、もう見たくないんだ！　声も聞きたくない！　《513》ぼくが何も考えずにやったことを、君のせいで、ずっと思い出すなんてご免だよ。あの時のことを考えると、自分でも謎なんだ。もちろん、あの時にやったことを後悔はしたくない。けど、いいかい、もう一度あんな火事に出会うようなことがあったら、ぼくがね、さっと行動に移らず、火の中に飛び込む前に、いろいろ調べて、――燃えるにまかせたとしても、それは君のせいだからな。

ダーヤ　そんな馬鹿な！

テンプル騎士　今日からは、ともかく、ぼくのことなんか忘れてもらいたい。お願いだ。娘さんの父親とも関わり合いたくない。ユダヤ人はユダヤ人だ。ぼくは武骨なシュヴァーベン人でね。娘さんの姿も、とっくの昔に忘れてしまった。以前は覚えていたけれど。

ダーヤ　でもお嬢様は、あなたのお姿を覚えてらっしゃいます。

テンプル騎士　それがどうしたというのかな？　それが？

ダーヤ　分かりません！　人は見かけによりませんから。

テンプル騎士　見かけよりマシなことって、めったにないよ。（立ち去る）

ダーヤ　待ってください！　どうして急ぐんですか？

テンプル騎士　おいおい、ここのナツメヤシの木陰まで嫌いにしないでもらいたいな。散歩するのが好きなんだから。

ダーヤ　だったら、どうぞ！　あなた様はドイツの熊！　行っちゃいなさいよ！——でも、あたくしは、熊の足跡、見失わないようにしなくちゃ。（距離をとってテンプル騎士のあとを追う）

《514》第2幕

第1場

舞台は、最高権力者《スルタン》の宮殿。サラディンとシターがチェスをしている。

シター　どうしたの、サラディン？　今日の指し手、変じゃない？
サラディン　まずいか、この手？
シター　わたしに言わせれば、下手な手だ。そうは思わんが。この手、やめたら？
サラディン　どうして？
シター　ナイト、取られちゃうよ。
サラディン　そうか。じゃ、こうだ。

シター　じゃ、わたし、両取《フォーク》りね。
サラディン　なるほど、そうか。――じゃ、王手！
シター　そんなことしても、無駄じゃない？　わたしがこうやって邪魔すると、お兄様、前と同じでしょ。
サラディン　ここから抜け出すには、そうだな、犠牲を払うしかないか。いいよ！　ナイトを取って。
シター　いらない。避《よ》けていくから。
サラディン　お礼なんて言わないぞ。お前には、このマス目のほうが、ナイトより大事なんだな。
シター　そうかも。
サラディン　取らぬ狸の皮算用だ。ほら！　どうだ？　この手は思いつかなかっただろ？
シター　もちろん。お兄様がクイーンを手放すなんて、思いもしなかった！
サラディン　わしがクイーンを？
シター　よく分かったわ。今日は、きっかり千ディナール［金貨］、わたしに勝たせてくれるつもりなんだ。ナーゼリン［銀貨］どころじゃなく。

サラディン《515》ほほう？

シター　そうなんでしょ！——苦心して、無理に負けようとしてるじゃない。——でも、そんなことしてもらっても、わたしの得にはならない。だって、こんな勝負、おもしろくもなんともない。それは別にして、わたしが一番得をするのは、いつも、わたしがお兄様に負けたときだから。負けたわたしを慰めるために、あとで、賭け金の倍くれたでしょ？

サラディン　なるほど！　そういうわけか、シターは苦心して、わざと負けてたんだろう？

シター　ひとつだけ確かなことがある。わたしが上達できないのは、お兄様が優しくて気前がいいからだ。

サラディン　チェスやってたの、忘れていた。さあ、決着をつけよう！

シター　このままでいいの？　じゃ、王手！　キングとクイーンの両手取りだ！

サラディン　なるほど。その手は読めなかった。クイーンまでいっしょに攻められるとは。

シター　ほかに手はないのかしら？　考えてみて。

サラディン　いや、ない。さっさとクイーンを取ればいい。わしはどうもクイーンには運がなかった。

シター　運がなかったのは、クイーンだけ？

サラディン　さっさと取れよ！――こんなものなくても、痛くも痒《かゆ》くもない。守りはこれまで通り万全だ。

シター　クイーンの扱いは丁重に！　これは、お兄様にしっかり教え込まれたこと。

（クイーンをそのままにしておく）

サラディン　取るも、取らないも、お前の勝手。わしにとってクイーンは、もう死んでるからな。

シター　クイーンなんか取ったって、意味ないでしょ？　王手！――王手！

サラディン　さ、どんどんやるがいい。

シター　《516》王手！――また王手！――また王手！――

サラディン　ああ、参りました！

シター　まだ完全には詰んでないわ！――ナイトをここに動かすとか、まだほかにも。

いや、やっぱり駄目だ！

サラディン　詰んでるんだよ！——お前の勝ちだ。アル＝ハーフィに払ってもらえ。あれを呼んでくれ！　すぐに！——「今日の指し手、変じゃない？」とシターが言ったように、わしは勝負に集中していなかった。ぼんやりしてたんだ。それにさ、いったい誰がわれわれには、こんな平べったい駒しか使わせないんだ？　駒がのっぺらぼうだから、区別がつかないし、覚えられない［『コーラン』の偶像禁止令で、人間や動物のかたちが禁止されていたので、駒の種類を書き込んだだけの、平べったい駒を使っていた。中世イスラム世界の〈シャトランジ〉がチェスの原型とされているので、ここの場面のチェスは、レッシングの創作だろう］。わしは宗教の指導者《イマーム》を相手にチェスをしていたのか？——しかし、どうした？　わしは負け惜しみを言っているだけだ。わしがシターに負けたのは、平べったい駒のせいじゃない。お前の腕が、お前の落ち着いた、すばやい読みが……

シター　負けた悔しさをまぎらわすために、そう言ってるだけでしょ？　お兄様、ぼんやりしてたのよ。わたしよりも。それでいいじゃない。

サラディン　お前よりも？　お前は、どうしてぼんやりしてたんだ？

シター　お兄様がぼんやりしてたから、なんかじゃないよ！――ああ、サラディン、いつになったらわたしたち、チェスに夢中になれるのかな！

サラディン　だからこそ、チェスに集中しようじゃないか！――そうか！　お前は、戦争がまた始まりそうだから、と言ってるのか？――勝手に始まるがいい！――どんどんやれ！――だが、先に手を出したのは、わしじゃない。わしはな、「1192年の」停戦協定をあらためて延長したかったんだ。で、それと同時に、シター、お前には良い婿を、ぜひ迎えてやりたかったんだ。婿はリチャード「イングランド王リチャード1世」の弟でなくてはならん。実際あれはリチャードの弟だからな。

シター　リチャードのことを褒めることができれば、それでいいんでしょ！

サラディン　それからな、わしの弟のメレクのところに、リチャードの妹が嫁に来てくれていたなら、いいか！　すばらしいファミリーになるぞ！《517》いいか、世界で第一級の、最高のファミリーのなかでも、最高のファミリーだ！――また自画自讃が始まったと聞こえるかな。わしは、自分が友人たちに値する人間だ、と自負しておるからな。――そんなファミリーになれば、いろんな種類の人間が集まってくるのだが！　そんなファミリーになれば！

シターー　夢みたいな話を聞かされて、わたし、すぐ笑っちゃったでしょ？　お兄様はね、キリスト教徒ってものを知らない。知ろうともしない。あの人たちの誇りはさ、キリスト教徒であることであって、人間であることじゃない。キリスト教徒はね、自分たちの教祖の時代から、自分たちの迷信に味をつけるため、人間らしさを香辛料にしてるけれど、あの人たちが人間らしさを愛するのは、そうすることが人間らしいからじゃなく、キリストがそれを教えてるからなの。キリストがそれを実践したからなの。——キリストがあんなに善い人間だったから、あの人たち、幸せなんだ！　キリストの徳を忠実に信じることができるから、あの人たち、幸せなんだ！——でも、徳って何？——あの人たちが世界中に普及させようとしているのは、キリストの徳じゃなく、キリストの名前なのよ。「キリスト以外の」すべての善い人間たちの名前を汚し、呑み込んでしまおうとしているわけ。キリストの名前が、キリストの名前だけが、あの人たちにとっては大事なんだ。

サラディン　お前は、そうとでも考えなければ、分からないと言っているわけだな？つまり、キリスト教徒たちは、お前たち、つまりイスラム教徒のシターやメレクまでもが、それぞれ結婚して相手のキリスト教徒を愛そうとする前に、まずキリスト教徒になるべきだ、と望んでいるわけだからな。

シター　そうなのよ！　愛は、創造主が男と女にあたえたもの。なのに、まるで、その愛を期待できるのは、キリスト教徒がキリスト教徒であるときだけ、みたいじゃない！

サラディン　キリスト教の連中はさ、くだらんことをほかにも信じている。だから、今お前が言ったようなことまでをも、信じることができるんだ！――とはいえ、お前も勘違いしてるぞ。――悪いのはテンプル騎士団であって、キリスト教徒じゃない。キリスト教徒だから悪いんじゃなく、テンプル騎士団だから悪いんだ。テンプル騎士団さえいなければ、ことがうまく運ぶんだがな。アッコ［＝プトレマイス］は、リチャードの妹がわしの弟メレクと結婚したときに、持参金として持ってくるはずの港町なのだが、テンプル騎士団がどうしても手放そうとしない。騎士の役得を失うと困るから、連中は、修道僧の顔を、愚かな修道僧の顔をしているわけだ。《518》もしかしたら奇襲が成功するかもしれないぞ、とでも踏んだのか、連中は、停戦期限が切れるのを待てなかったのさ。――おもしろい！どんどんやるがいい！　テンプル騎士団よ、どんどんやるがいい！――こちらにも用意がある！――そんなことより、別件がうまくいきさえすればいいのだ。

シター　え？　別件？　お兄様を困らせてる別件って、何？

サラディン　昔からずっと困っていた問題だ。――レバノンに行って、父上に会ってきた。父上はあいかわらず心配しておられる……

シター　お気の毒に！

サラディン　父上は八方塞《ふさ》がりなんだ。どこもかしこも手詰まりで。こちらも駄目、あちらも駄目――

シター　どこが手詰まりなの？　何が駄目なの？

サラディン　口にするのも汚らわしいものといえば、ほかに何がある？　持っていると、余計なものに思えるのに、持っていないと、なくてはならぬものに思えるやつさ。――アル＝ハーフィは、どこにいる？　誰も呼びにいかなかったのか？――やっかいで、いまいましい問題というのは、金《かね》のことだ！――おお、ハーフィ、来てくれたか。

第2場

托鉢僧アル＝ハーフィ。サラディン。シター。

アル＝ハーフィ　エジプトからのお金、どうやら届いたようですね。どっさり届いたなら、いいんですが。
サラディン　そんな知らせがあるのか？
アル＝ハーフィ　おれに？　いいえ。お呼びなので、こちらで、何か知らされるのかと。
サラディン　シターに千ディナール［金貨］払ってくれ！（考えごとをしながら、あちこち歩いている）
アル＝ハーフィ　《519》払うんですね？　受け取るんじゃなく？　おお、すばらしい！　そんな額、今かかえてる借金にくらべれば端金《はしたがね》。――シター様にですね？――またシター様に？　負けたのですか？――またチェスで負けた？――でも、まだ勝負ついてませんが！

シター　アル＝ハーフィ、わたしが勝ったの、喜んでちょうだい！
アル＝ハーフィ　（チェスボードをながめながら）何を喜ぶんです？　もしもシター様が――いや、シター様は、ご存知ですね。
シター　（アル＝ハーフィに目配せしながら）しーっ！　ハーフィ！　しーっ！
アル＝ハーフィ　（まだチェスボードをながめたまま）シター様は、まずご自分で幸運を喜ぶことです！
シター　アル＝ハーフィ！　しーっ！
アル＝ハーフィ　（シターに向かって）白がシター様ですね。シター様が王手かけてるんですね？
シター　お兄様に聞こえなくてよかった！
アル＝ハーフィ　で、今度はサラディン様の番ですか？
シター　（アル＝ハーフィのそばに寄って）さあ、「賭け金はシター様のものです」って言ってちょうだい！
アル＝ハーフィ　（まだチェスボードから目を離さず）そうですね。賭け金は、いつものやり方で手にするべきです。

シター　どうしたの？　頭おかしくなったの？
アル＝ハーフィ　勝負がまだついてませんから。サラディン様、まだ負けてませんよ。
サラディン　（ほとんど耳を貸さず）いや！　いや！　払ってやれ！　払ってやれ！
アル＝ハーフィ　払ってやれ？　払ってやれ？　でも、ここにサラディン様のクイーンがいますよ。
サラディン　（あいかわらずほとんど耳を貸さず）クイーンは効いてない。もう死んでるんだ。
シター　だから、さあ、ハーフィ、言ってちょうだい。わたしのお金を取りに行かせてもいい、って。
アル＝ハーフィ　（あいかわらずチェスボードをじっと見つめたまま）分かりました。いつものようにですね。――でもですよ。クイーンがもう効かなくなっていても、サラディン様、だからって、まだ詰んでませんよ。
サラディン　（近づいて、チェスボードをかき回す）いや、詰んでるんだ。勝負がついたということだ。
アル＝ハーフィ　はあ、そうですか！――賭け金が賭け金だけに、こういう勝負なんだ！　こんなふうに勝ったんだから、支払われるのもこんな程度。

サラディン　（シターに向かって）この男、何を言ってるんだ？　何を？

シター　（ときどきハーフィに目配せしながら）お兄様、ハーフィのこと、よく知ってるでしょ。ハーフィはね、逆らうのが好き。頼まれるのが好き。それに、たぶんちょっと嫉妬深いのよ。――

サラディン　まさか、お前に嫉妬してるのか？　わしの妹に？――そうなのか、ハーフィ？　嫉妬している？　ハーフィがシターに？

アル＝ハーフィ　かもしれません！　かもしれません！――おれ自身、シター様のような頭脳がほしい。シター様のような善人でありたい。

シター　そんなこと言いながら、いつもハーフィはきちんと払ってくれたわ。今日も払ってくれるでしょ。さ、もうハーフィに用はないわ！――下がっていいわよ、アル＝ハーフィ、下がって！　お金は、あとで取りに行かせるから。

アル＝ハーフィ　いえ、もうこれ以上、隠し事にはつき合えません。やっぱりお耳に入れておかなくては。

サラディン　誰の耳に？　何を？

シター　アル＝ハーフィ！　約束したでしょう？　わたしに約束しなかった？
アル＝ハーフィ　こんなひどい状態になるなんて思ってなかったので。
サラディン　どうした？　わしには何も話せんのか？
シター　お願い、アル＝ハーフィ、変なこと言わないで。
サラディン　おかしいじゃないか！　シター、わしはお前の兄なのに、お前は改まって、熱心に、他人である托鉢僧に、やめてくれと頼もうとしている。アル＝ハーフィ、さあ命令だ。——話すんだ、托鉢僧！
シター　つまらない問題にお兄様がわざわざ関わることなんてないのよ。《521》ほら、これまで何回か、お兄様とのチェスでわたしが勝って、同じ額の賭け金がわたしのものになった。でも今さ、わたし、そのお金は必要ないの。それに今さ、ハーフィが番をしてるサラディン家の金庫には、あんまりたくさんお金が入ってるわけじゃない。だから、わたしのものになった賭け金は、そのまま金庫に残ってるわけ。でも心配しないで！　お兄様にも、ハーフィにも、金庫にも、そのお金をプレゼントするつもりはないから。
アル＝ハーフィ　はい、それだけなら結構なんですが！　ほら！

シター　そう、似たようなお金が、ほかにも。――それもハーフィの金庫に残したまま。お兄様から渡されたわたしの手当のことだけど、2、3か月前から、金庫にそのまま。
アル＝ハーフィ　それだけじゃないんです。
サラディン　それだけじゃない？――話してくれないか？
アル＝ハーフィ　サラディン家がエジプトからお金の到着を待つようになってからですね、シター様は……
シター　（サラディンに向かって）どうしてハーフィの話なんか聞くの？
アル＝ハーフィ　シター様は、お金を受け取らなかっただけでなく……
サラディン　いい子だな、シターは！――お金の立て替えまでしてくれてたんだな。違うか？
アル＝ハーフィ　宮廷費を全額、引き受けておられたのです。サラディン様の最高権力者《スルタン》歳費も、シター様おひとりで持たれていた。
サラディン　おお、シター！　そうだったのか、わが妹よ！（シターを抱きしめる）
シター　でも、そんなことができるほど、わたしをお金持ちにしてくれたのは、お兄様じゃない？

アル＝ハーフィ しかしまた、シター様を、サラディン様のようにひどい貧乏にするのも、やはりサラディン様でしょうな。

サラディン わしが貧乏？ シターの兄が貧乏だと？ わしは今より金持ちだったことがあるか？ 今より貧乏だったことがあるか？――《522》一着の服、一振りの剣、一頭の馬、――そして唯一の神！ それ以上、何が必要だというのか？ 必要なものに困ることはない！ だが、アル＝ハーフィ、お前には文句を言っておく必要がありそうだな。

シター 文句なんか言わないで、お兄様！ わたしがね、お父様の心配をちょっとでも軽くできればと思って、やっただけのことなんだから！

サラディン ああ！ ああ！ そう言われると、わしの喜びもたちまち真っ逆さま、ぺっちゃんこだ！――たしかに、わしには不自由はない。不自由するわけがない。だが父上が、父上が不自由されておる。ということは、わしら全員が不自由だということだ。――さあ、教えてくれ。わしはどうすればいい？――エジプトからは当分、何も届かないかもしれん。なぜそうなのか、見当もつかん。エジプトでは騒ぎなどなく落ち着いているんだぞ。――予定のものを打ち切ることも、切り詰めることも、倹約することも、わしは喜んでする。わしのことなら、わしだけに関することで、わし以外には誰も困らないことなら。――だが、そんなことして何の役に立つ？　一頭の馬、一着の服、一振りの剣は、どうしても必要だ。神への捧げものも、これ以上削ることはできない。今はもう、ほんのわずかなもので、つまり、わしの心を捧げるだけで満足していただいておる。ハーフィよ、お前の金庫にはお金が余っているものだと、大いに期待していたのだが。

アル＝ハーフィ　余っている？――いやいや、金庫にお金を余らせてるのを見つかろうものなら、おれはサラディン様に槍で串刺しにされてたかもしれません。少なくとも、縛り首にされてたかも。でも、横領なら！　やってましたね。

サラディン　しかし、どうしたものか？　ハーフィよ、最初に借金を申し込める相手が、シター以外にいなかったのか？

シター　お兄様、その特権、わたしから取り上げるなんて無理だわ。ハーフィがわたしに借金を申し込まない？　今だって、わたし、借金してもらいたいのよ。まだ完全には干上がってませんからね。

サラディン　完全には干上がってないだけだろ！　シターの言うような特権なんて、もともとないんだ。さあ、ハーフィ、すぐに行って、支度しろ！　《523》誰でもいい、どんな条件でもいい、貸してもらうんだ！　さあ、借りてこい、約束してこい。——ただし、ハーフィ、わしが金持ちにしてやった連中からは、借りるな。そんな連中から借りれば、お金を取り返すことになるからな。一番欲張りな連中のところへ行くんだ。一番喜んで貸してくれるだろう。連中なら、貸したお金がわしの手で増えることを、よく知っておるぞ。

アル＝ハーフィ　おれには、そんな連中の心当たりなんてありませんよ。

シター　今思い出したけど、ハーフィ、あなたの友達がエルサレムに戻ってきたんでしょ。

アル＝ハーフィ　（うろたえて）友達？　おれの友達？　いったい誰のことだろう？

シター　あなたがひどく褒めていたユダヤ人のことよ。

アル＝ハーフィ　褒めていたユダヤ人？　おれがひどく褒めていた？

シター　そのユダヤ人にね、神が、——いつかあなたがその人の話をしたときに使った言葉、わたしよく覚えてるのよ、——そう、その人にその神が、この世のあらゆる財宝のうち一番小さな財宝と一番大きな財宝を、たっぷり分かち与えられたと。――

アル＝ハーフィ　そんなこと言いました？――どういう意味でだったかな？

シター　一番小さな財宝は富で、一番大きな財宝は知恵だと。

アル＝ハーフィ　え？　ユダヤ人？　ユダヤ人のことで、おれがそんなことを言った？

シター　あなたの友達のナータンのことで、そう言ったんじゃない？

アル＝ハーフィ　ああ、そうだ！　そうでした！　ナータンのことです！――すっかり忘れてました。――そうなんですか？　ようやくエルサレムに戻ってきた？うん！　ナータンなら、お金に困っていることなんてないでしょう。――そうですね。世間じゃ、賢者と呼んでました！　お金持ちとも。

シター　今はね、前よりももっとお金持ちだと言われてるわ。どんな高価なものを持って帰ってきたのか、どんな宝物を持って帰ってきたのか、《524》町じゅう大騒ぎ。

アル＝ハーフィ　金持ちのナータンが戻ってきたなら、賢者のナータンも戻ってきたということになりますね。

シター　できないかな、ハーフィがそのナータンに頼んでみること？

アル＝ハーフィ　何を頼むんです？——まさか、貸してくれと？——いやいや、シター様はナータンのこと、よくご存知のはず。——ナータンがお金を貸すなんて！——ナータンが賢者なのは、誰にも貸さないからなんですよ。

シター　あなたに聞いた話では、まったく別人みたい。

アル＝ハーフィ　シター様が困っているときには、ナータンは、物なら貸してくれるでしょう。けれどもお金は、お金は？——絶対に貸しません！——ナータンのようなユダヤ人は、もちろん例外ですがね。頭がいい。処世術を心得ている。チェスもうまい。でもですよ、人当たりの良さだけでなく、人当たりの悪さにかけても、ユダヤ人のなかで突出してるんです。——ナータンは、ナータンだけは、当てにしちゃなりません。——貧しい人たちには与えます。もしかするとサラディン様にも負けないくらいに。サラディン様ほど多くはないにしても、サラディン様と同じように喜んで。しかもですよ、宗教や身分の区別なく。ユダヤ教徒も、キリスト教徒も、イスラム教徒も、ゾロアスター教徒も、ナータンにとっちゃ同じなんですね。

シター　そういう人なんだ……

サラディン　わしは今まで、どうしてその男のことを聞いたことがなかったのだ?……

シター　サラディンに貸してくれないのかな? サラディンにお金が必要なのは、他《ひ》人《と》のためだけで、自分のためじゃないんだけど。

アル＝ハーフィ　ほらね、それこそがユダヤ人、ごくありきたりのユダヤ人なんですよ！——どうか、おれの言うこと信じてください！——与えることに関してナータンは、サラディン様にとても、とても嫉妬しているんです。世間が言う「神に褒められてあれ」を、ナータンは全部、ひとり占めしたいんです。ただそれだけの理由で誰にもお金を貸さない。《525》そうしておけば、いつもナータンは与えることができるからです。慈善は律法で命じられていますが、感じの良さは律法で命じられていません。だから慈善がナータンを、世界で一番感じの悪い男にしてるんです。おれはね、かなり前からナータンとちょっと仲違いしてますが、だからといって、不当にナータンを悪く言っているなんて思わないでください。ナータンはどんなことにも親切な男です。ただお金については駄目、お金については本当に駄目ですね。おれはこれからすぐに出かけて、誰かほかの人に当たってみます。……そうだ、ムーア人のことを思い出しました。金持ちで欲張りの男です。――さ、行かなくちゃ、行かなくちゃ。

シターどうしてそんなに急ぐの、ハーフィ？

サラディン　放っておけ！　放っておけ！

第3場

シター。サラディン。

シターあたふたと出ていったけど、わたしから逃げ出したかったみたいだな！――今の話はどういうこと？――本当にその男のこと、見損なってたの？　それとも――わたしたちをだまそうとしているだけなの？

サラディン　どうした？　わしに聞いているのか？　誰の話だったのか、わしにはほとんど分からん。お前たちの言っているナータンというユダヤ人のことは、今日はじめて耳にする話だ。

シター　まったく知らなかったなんてこと、あるかな？　ソロモンとダビデの墓を調査して、その封印を強力な秘密の言葉で解くことができる、と噂されてる人なのよ！　その墓からナータンは、ときどき、測り知れないほどの財宝を持ち出してくるわけ。ほかの小さな墓にあったとは考えられないような財宝をね。

サラディン　《526》その男が富を持ち出したという墓は、絶対にソロモンやダビデの墓じゃないな。そこに眠っていたのは、阿呆どもだ！

シター　じゃなければ、悪人たちね！――それにさ、ナータンの富の源泉は、そんな墓にぎっしり詰まっている財宝なんかより、もっと豊かで、無尽蔵なんだ。

サラディン　貿易しているという噂だな。

シター　ナータンのラクダは、あらゆる街道を通り、あらゆる砂漠を越え、ナータンの船は、あらゆる港に停泊している。以前、アル＝ハーフィがそう教えてくれた。そしてね、アル＝ハーフィはうっとりしながら、こうつけ加えたの。「おれの友達ナータンは、儲けたものを気前よく、気高く使っているんだよ。ナータンはさ、利口なやり方でせっせと儲けることを、卑しいだなんて思ってないんだ」と。それから、こうもつけ加えた。「ナータンの精神は、自由で偏見がない。ナータンの心は、寛くてどんな徳も受け入れ、どんな美とも調和するんだ」って。

サラディン　だが、さっきハーフィは、ナータンのこと、知らないような顔をして、冷淡にしゃべってたじゃないか。

シター　う―ん、冷淡じゃなくてね、当惑してたんだよ。ナータンのこと褒めるの、まずいと思ってたみたい。でも、筋違いな非難もしたくなかったみたい――じゃないかな？　それとも、やっぱり、ユダヤ人のあいだで最高の人間でも、ユダヤ人であることから完全には抜け出せないのかな？　その点で、やっぱりアル＝ハーフィも自分の友達を恥ずかしがらなければならないのかな？――でも、そんなこと、どうでもいいわ！――ナータンっていうユダヤ人が、ユダヤ人として標準以上でも標準以下でも、ともかくお金持ちでありさえすれば、わたしたちにとっては十分なのよ。

サラディン　しかしシターは、そのユダヤ人から財産を力ずくで取り上げるつもりじゃないんだろう？

シター　うーん、お兄様にとって力ずくって、どういう意味？　火や剣を使うこと？　とんでもない。弱い者が相手のときは、相手の弱みにつけこむだけで、力ずくになるんじゃない？——さあ、これからわたしの後宮《ハレム》に行きましょう。《527》きのう買い取ったばかりの歌姫に、歌を聞かせてもらいましょう。そのあいだにナータンの攻略法、わたし思いつくかもしれない。——さ、行きましょう！

第4場

舞台は、ナータンの家の前。そこはナツメヤシの木陰に接している。

レヒャとナータンが家から出てくる。そこへダーヤがやって来る。

レヒャ　ずいぶんゆっくりしてたのね、お父様。やっぱり、あの人にはもう会えないんでしょう。

ナータン　まあ、まあ。ここで、このナツメヤシの木陰で会えなくなったとしても、どこかで会えるさ。――あわてることはない。――ほら！　こっちに向かってくるのは、ダーヤじゃないか？

レヒャ　きっとダーヤは、あの人のこと見失ったんでしょう。

ナータン　そうじゃないかもしれないよ。

レヒャ　見つかってたら、もっと急いで来るわ。

ナータン　こちらがまだ見えてないんじゃないか……

レヒャ　あっ、あたしたちに気がついた。

ナータン　だから急ぎ出したんだ。ほら！――お前は、じっとしてればいい！　じっと！

レヒャ　お父様は、レヒャが、ここでじっとしてるような娘でいいの？　誰のおかげで命が助かったのか、とんと気にしない娘でいいの？　その命だって、――あたしがこんなに愛おしく思うのは、最初にお父様から授かったからこそだけど。

ナータン　私はね、あるがままのお前であってくれれば、それでいい。たとえ、お前の心のなかで《528》これまでとはまるで別の気持ちがうごめいている、と知ったとしても。
レヒヤ　何のこと、お父様？
ナータン　私にたずねるのかね？　そんなにおずおずと？　お前の心のなかで何が起ころうとも、それは自然で無垢のものだ。お前が心配することではない。私だって心配はしない。ただ、ひとつ約束してもらいたい。いつかお前の心の声がはっきりものを言うようになったときは、その願いをひとつ残らず教えてくれ。
レヒヤ　あたしの胸の内をお父様に隠しておきたくなるなんて、考えただけでも身震いするわ。
ナータン　これでいいだろう、この話は！　一件落着だな。――ほら、ダーヤが来た。――どうだった？
ダーヤ　あの方、まだこちらのナツメヤシの木陰を散歩してますよ。もうすぐあの塀のところを曲がるわ。――ほら、見えました！
レヒヤ　あら！　でも迷ってるみたい。どこへ行く？　このまま進む？　向こうへ？　右に曲がる？　左に曲がる？
ダーヤ　いいえ、いいえ、修道院のまわりを回るわ、きっと何度も。すると絶対、こちらを通り過ぎることになる。――でしょ？

レヒヤ　そうだ！　そうだ！――ダーヤはあの人ともう話をしたの？　今日はどんな感じだった？

ダーヤ　いつもと同じです。

ナータン　だったら、お前たち、ここで隠れてるほうがいい。もっと下がるんだ。いや、家の中に入ったほうがいいな。

レヒヤ　お願い、ひと目でいいから！　あっ！　生け垣のせいで見えなくなっちゃった。

ダーヤ　さ、こちらへ！　こちらへ！　お父様のおっしゃる通りですよ。レヒヤ様の姿が見えたら、あの方、すぐ引っ返しちゃいますよ。

レヒヤ　ああ！　生け垣め！

ナータン　突然、生け垣から出てきたら、どうしたってお前たちの姿が目に入る。だから、さっさと家に入るんだ。

ダーヤ　《529》さあ！　さあ！　いい窓があるわ。その窓からあの方とナータン様を見ることができる。

レヒヤ　ほんとに？

レヒヤとダーヤが家の中に入る。

第5場

ナータン。そのあとすぐにテンプル騎士。

ナータン　さすがの私も、あの変人はご免だな。さすがの私も、あの粗野な男の美徳には閉口だ。人間が人間にこんな具合に当惑させられるなんて！——おお！やって来たぞ。——なんと！　若者とはいえ、一人前の大人じゃないか。好青年だ。誠実そうで不敵な目つき！　しっかりした歩き方！　皮が苦いだけで、実はきっと苦くない。——こんな若者に会ったことがないぞ！——失礼、ヨーロッパの騎士のお方……

テンプル騎士　ん？

ナータン　失礼ですが……

テンプル騎士　なんだ、ユダヤ人か？　何の用です？

ナータン　失礼ながら、ちょっとお話が。

テンプル騎士　仕方ないな。でも手短に。

ナータン　ちょっとお時間を。そんなに昂然《こうぜん》と、そんなに軽蔑した顔でお急ぎにならないでください。あなたに永遠の恩義を感じている人間を、どうぞ無視しないでください。

テンプル騎士　どういうことかな？――ああ、なるほど。そうか？　あなたは、たしか……

ナータン　ナータンと申します。娘を気高いお心で火の中から救い出してくださいましたが、その父親です。そしてこちらに参りましたのは……

テンプル騎士　お礼なら、――やめてください。大したこともしていないのに、うんざりするほどお礼を聞かされる羽目になっちゃって。――ましてあなたは、あなたはですね、ぼくに恩義なんてありませんから。《530》あの娘さんがあなたの娘さんだと、ぼくが知っていたとでも？　誰であれ、困っている人を見たら、手を差し伸べる。それがテンプル騎士の義務。でなくともあの瞬間、ぼくはね、自分の命が煩わしかった。ぼくの命をほかの人の命のために賭けるチャンスだったので、喜んで、本当に喜んでやっただけのこと。――たとえそれが、ユダヤ人の娘の命であっても。

ナータン　すばらしい！　すばらしいと同時に、ひどい！　でも、そういう言い方にも道理があります。謙虚なすばらしさは、ひどい言葉の陰に身を隠すもの。すばらしいと感心されることを避けるためです。――しかし、感心されることさえ断るすばらしさに対して、いったい、どんなことをすれば断られずにすむのでしょうか？――あなたがよその土地の方でなく、また捕虜の身でもなければ、こんなにぶしつけな質問をさせていただいたりはしないのですが。さ、どうすればお役に立つことができるのか、お命じください。

テンプル騎士　あなたに？　何もないな。

ナータン　これでも私にはお金があります。

テンプル騎士　ぼくの経験じゃ、金持ちのユダヤ人に善良なユダヤ人はいない。

ナータン　だからといって、金持ちのユダヤ人が持っているましなものを、利用してはならぬという法でもあるのでしょうか？　つまり、その富を利用してはならぬと？
テンプル騎士　いいでしょう、そこまで頑固に断るのはよそう。マントのこともあるので。こいつがすっかりボロボロになって、かけはぎで直せなくなったら、ここにやって来て、新しいマントを作る布地かお金を借りることにしよう。――急にそんなに暗い顔をしないでもらいたい！　まだ大丈夫。まだそんなにくたびれちゃいない。ほら、まだしばらく着れそうだ。《531》ただ、この端のところだけが傷んで、きたない。焼け焦げだ。あなたの娘さんをね、火の中から運び出したときにできた。
ナータン　（その端をつかんで、じっと見つめる）しかし妙なものだな。きたない焼け焦げのほうが、人の口より雄弁に人柄を証言してるじゃないか。その焼け焦げに――口づけさせてください！――あっ、失礼！――つい粗相《そそう》を。
テンプル騎士　どんな？
ナータン　涙をマントに落としてしまって。
テンプル騎士　いいよ！　雨風にさらされてきたマントだから。――〈しかしこのユ

ダヤ人、ぼくを混乱させはじめたぞ〉

ナータン　よろしければ、そのマント、うちの娘にも拝ませてやっていただけませんか？

テンプル騎士　何のために？

ナータン　娘にもその焼け焦げに口づけさせてやりたいのです。娘は、あなたの膝を抱きしめたいと思っているのですが、それはかなわぬ望みなので。

テンプル騎士　しかし、ユダヤ人のあなた――いや、ナータン、という名前でしたね？――しかし、ナータン――あなたは、とても――とても、うまいことを言う。――刺さりましたよ、ぼくに。――たしかに――ぼくだって……

ナータン　あなたがどんな態度をとられようと、私にはあなたの本当のお考えがよく分かるのです。あまりにも善い方で、あまりにも誠実な方なので、ていねいな態度がとれなかったのです。娘は感情のまま、使いの女は言われたようにしか、動かない、父親は遠方にいる。――だからあなたは、娘の評判に傷をつけないよう配慮してくださった。娘に会ってくださらなかったのは、娘の心を試すのを避け、娘の心を奪うのを避けるためだったわけですね。そのご配慮にも感謝します。――

テンプル騎士　なるほど、テンプル騎士たる者がどのように考えるべきか、よく分かっているんだな。

ナータン　それは、テンプル騎士だけのことでしょうか？　そうするべきだと言われているから、だけなのでしょうか？《532》テンプル騎士団の規則が命じているから、だけなのでしょうか？　善い人間がどう考えるのか、私は知っています。どの国にも善い人間がいることも、知っています。

テンプル騎士　でも、それぞれ違いがあるのでは？

ナータン　はい、たしかに。肌の色によっても、衣服によっても、体型によっても違います。

テンプル騎士　善い人間の数は、国によっても、多かったり少なかったり。

ナータン　その違いは大したことありません。偉い人が育つためには、どこであろうと広い土地が必要です。狭い土地に何本も植えられると、太い枝が触れあって傷つくだけ。私たちのように中くらいの善人なら、逆に、どこであろうとたくさん生えています。ただですね、お互いむやみにけなし合ったりしないことです。ただですね、お互い相手の幹や枝ぶりを笑ったりしないことです。ただですね、高い梢《こずえ》であっても、俺だけは地面から生えたんじゃないぞと、うぬぼれないことです。

テンプル騎士　たしかにその通り！——でもナータンさん、人間をけなすことを最初にやったのは、どの民族ですか？　自分たちこそ選ばれた民なのだと最初に名乗ったのは、どの民族ですか？　どうです、ぼくがその民族を憎まないまでも、その高慢さゆえに、どうしても軽蔑してしまうとしたら？　その民族はですよ、「わが神こそ唯一の正しい神なり！」という高慢さを、キリスト教徒とイスラム教徒に受けつがせた。——驚いてます？　キリスト教徒でテンプル騎士のぼくが、こんなふうに言うんだから。ほかの宗教よりましな神をもっていることも、その、ましな神を全世界に最高の神として押しつけることも、敬虔な熱狂でしょ。その敬虔な熱狂が、［十字軍の］今、ここ［エルサレム］で、このうえなく邪悪な姿を鮮明に見せたわけですよね！　その今、ここで、そのことが目からウロコ、誰の目にも明らかじゃないですか。——でも、見たくなけりゃ、見なきゃいい！——ぼくの言ったこと、忘れてください。では失礼！（立ち去ろうとする）

ナータン　いやいや！　いいですか、お話を聞いて、ますますお近づきになりたくなりました。――さあ、《533》ぜひ友達になりましょう、友達に！――ユダヤ教徒のことは、好きなだけ軽蔑してください。私たちはふたりとも、自分の民族を自分で選んだわけじゃない。私たちとは、私たちの民族のことでしょうか？　民族とは何でしょう？　キリスト教徒にしてもユダヤ教徒にしても、人間である前に、キリスト教徒でありユダヤ教徒なのでしょうか？　ああ！　あなたは、人間であることに満足している。そういうあなたに出会えて、私は同志が増えたと考えてもいいですね！

テンプル騎士　ええ、たしかに、ぼくはナータンの同志！　同志ですよ！――さあ、手を！――恥ずかしいな。一瞬にしろ、ぼくはあなたを誤解していた。

ナータン　いや、誤解されたことを誇りに思います。低俗なものだけが、めったに誤解されることがないので。

テンプル騎士　めったにないことは、忘れがたいもの。――ナータンさん、ぜひ友達になりましょう、友達に。

ナータン　もう友達ですよ。――私のレヒャがどんなに喜ぶことか！――それに！

なんと明るい未来が目の前に開けてきたことか！——ともかくまず、会ってやってください！

テンプル騎士　ぼくも会いたくてたまりません。——誰ですか、あなたの家から駆け出してきたのは？　ダーヤじゃないですか、レヒャさんの世話係の？

ナータン　そうです。あんなに心配そうに？

テンプル騎士　まさか、レヒャさんに何かあったのでは？

第6場

ナータンとテンプル騎士。ダーヤが急いで登場。

ダーヤ　ナータン様、ナータン様！

ナータン　どうした？

ダーヤ　失礼します、騎士様、お話の途中に。

ナータン　で、どうしたんだ？
テンプル騎士　《534》どうしたのかな？
ダーヤ　最高権力者様《スルタン》からお使いが。旦那様にお話があるそうで。ああ、あの最高権力者様《スルタン》が！
ナータン　私に？　最高権力者《スルタン》が？　私がどんな品物を持ち帰ってきたのか、どうしてもご覧になりたいのだろう。「ほとんど、いや、まったく荷解きしておりません」と、申し上げてくれ。
ダーヤ　いえ、いえ。品物をご覧になりたいんじゃありません。旦那様にお話があるのです。それも直接お目にかかって。しかも、すぐに。できるだけ早く。
ナータン　分かった。すぐ行くことにしよう。——さ、お前は戻りなさい！
ダーヤ　このようなわけで、騎士様、どうぞお気を悪くなさらないで。——ああ、とっても気になるんです。最高権力者様《スルタン》が旦那様にどんな御用なのか。
ナータン　じきにわかるさ。さ、お前は戻りなさい！

第7場

ナータンとテンプル騎士。

テンプル騎士　じゃ、あなたは最高権力者《スルタン》をご存知ないんですね？――つまり、直接会ったことはないんだ。

ナータン　最高権力者《スルタン》と？　会ったことありません。避けていたわけじゃない。会おうとしなかっただけです。世間の評判があまりにもすばらしいものだから、お目にかかるよりは、評判を信じておこうと思ったわけです。ですが今回も、――これまでもそうですが、――あなたの命を恩赦したことによって……

テンプル騎士　ええ。まったく評判どおりです。ぼくがこうやって生きているのも、サラディンの贈り物なんです。

ナータン　その贈り物のおかげで、私には2倍、3倍の命が贈られた。そのおかげで私たちの関係がすっかり変わったわけです。そのおかげで一網打尽にされた私は、永遠にサラディン様の召使い。最初に何を命じられるのだろうか、ほとんど、そう、ほとんど待ち遠しいくらい。どんなことでもするつもりですよ。あなたのおかげでそんな気持ちになったことも、サラディン様に申し上げるつもりです。

テンプル騎士　ぼく自身、まだサラディンにお礼が言えてないんだ。出会ったときには何度も、言おうとしたんだけど。サラディンにとってぼくの印象なんて、束の間のものだから、束の間に消えちゃったんだ。ぼくのこと覚えているかどうかすら分からない。でも少なくとも一度は思い出してもらって、ぼくの運命を決めてもらわなくちゃ。ぼくはサラディンの恩赦によってまだ生きている。サラディンの意思のおかげでまだ生きている。それでは不十分なんだ。ぼくは誰の意思にしたがって生きなければならないのか。それをサラディンに教えてもらう必要があるんだ。

ナータン　まさにその通り。だからこそ、ぐずぐずなんかしておられない。——あなたのことが話題になるように話をもっていくことができるかもしれない。——では、ごめんなさい、失礼、——急いでいるもので。——ところで、いつ、うちにお越しいただけますか？

テンプル騎士　よろしければ、すぐにでも。

ナータン　いつでも、よろしければ。

テンプル騎士　では、今日にも。

ナータン　ところでお名前を？――ぜひ教えていただかなくては。

テンプル騎士　ぼくの名前は、クルト・フォン・シュタウフェンだった。――いや、クルト・フォン・シュタウフェンです。――クルトです！

ナータン　フォン・シュタウフェン？――シュタウフェン？――シュタウフェン？

テンプル騎士　どうしてそんなに驚くんです？

ナータン　フォン・シュタウフェン？――その姓なら、すでにこのエルサレムで数名の方が……

テンプル騎士　ええ、そうです！　このエルサレムにいました。すでに数名がこのエルサレムで土に還っています。ぼくの伯父もそうなんです。――いや、ぼくの父が、と言うべきかな。――《536》でもどうして、ぼくの顔をそんなにジロジロ見るんです？

ナータン　いや別に！　別に何でもありません！　いくら見ても見飽きないものなので。

テンプル騎士　だったらぼくが先に失礼します。何かを探している人の目が、見つけたいと思っている以上のものを見つけた。そういう話、めずらしくないので、ナータンさん、ぼくは、そういう目が怖い。お互い知り合うには、ゆっくり時間をかけましょう。好奇心に頼るんじゃなく。（立ち去る）

ナータン　（驚きの目でテンプル騎士を見送っている）「何かを探している人が、見つけたいと思っている以上のものを見つけた。そういう話、めずらしくない」か。――まるで私の心を読んでるかのような言い草じゃないか！――そうだな、実際、私もそうなるかもしれない。――ヴォルフの背格好、ヴォルフの歩き方だけじゃない。声までヴォルフだ。首のかしげ方まで、そっくりそのままヴォルフだ。剣のかかえ方だって、そうだ。燃えるように鋭い眼光を隠そうとして、手を眉毛にあてる仕草だって、そうだ。――こんなに印象深い姿でも、ときどき、そのまま私たちのなかで眠ってしまう。だがそれが、たったひと言、たったひと声で呼び起こされる。――フォン・シュタウフェン！――そうだ、確かに。フィルネクとシュタウフェン。――そのうちもっと詳しく聞かせてもらおう。そのうち。だが今はともかくサラディン様のところに行かねば。――おや、あそこで聞き耳を立てているのは、ダーヤじゃないか?――さ、ダーヤ、こっちに来なさい。

第8場

ダーヤ。ナータン。

ナータン　どうだね? お前たちふたりが知りたくてたまらないのは、私がサラディン様に呼ばれたことじゃなく、まるっきり別のことなんだろう。

ダーヤ　お嬢様を責めてらっしゃるんですか? 最高権力者様《スルタン》のお使いが見えたので、あたくしたちは窓から離れました。そのとたんに旦那様は、《537》テンプル騎士様とずいぶん親しそうに話しはじめられましたね。

ナータン　じゃ、レヒャに言ってやれ。「今すぐにでもテンプル騎士が家《うち》を訪ねてくるかもしれないぞ」と。
ダーヤ　ほんとですか？　ほんとですか？
ナータン　私はダーヤを信頼してもいいんだな？　頼むから気をつけてくれ。そのほうが後悔しなくてすむ。お前の良心もそれで満足するはずだ。私の計画の邪魔だけはしないでくれ。話をするにしても、質問するにしても、控えめに、慎重にな……
ダーヤ　そんなこと、言われなくても大丈夫ですよ！——あたくし、行きますね。旦那様も、お行きください。あら！　あそこに見えるのは、最高権力者様《スルタン》からの2度目のお使いじゃないですか。アル＝ハーフィだわ。旦那様のお友達の托鉢僧だ。
（立ち去る）

第9場

ナータン。アル＝ハーフィ。

アル＝ハーフィ　おや！　おや！　あんたのところへ行こうと思ってたんだ。
ナータン　そんなに急ぎの用なのか？　この私に何を望んでいる？
アル＝ハーフィ　いったい誰が？
ナータン　最高権力者《スルタン》だよ。――行きますよ、行きますよ。
アル＝ハーフィ　誰のところへ？　サラディン様のところへ？
ナータン　サラディン様の使いで来たんだろ？
アル＝ハーフィ　おれが？　いや。もう使いを寄こしたのか？
ナータン　ああ、もちろん。
アル＝ハーフィ　じゃ、そうなんだ。
ナータン　何が？　何がそうなんだ？
アル＝ハーフィ　つまり――おれのせいじゃないってこと。《538》おれのせいじゃないってことは、神がご存知だ。――あんたに迷惑かけないよう、おれはさ、あんたのこと知らないって言ったり、嘘をついたりしたのに！
ナータン　迷惑をかけないように？　どういうことなんだ？

アル＝ハーフィ　今度はあんたがサラディン家の金庫番になっちゃったってこと。気の毒にな。だがおれはそれを、そばで見てたくなんかない。だからおれはすぐに出発する。どこへ行くのか、話したことがあるだろ。どの道を通っていくのかも、言った。――その途中でおれにできることがあれば、言ってくれ。あんたの用事なら、頼まれてやるよ。もちろん大した荷物は持っていけない。おれは裸同然だからな。もう行くから、早く言ってくれ。

ナータン　いや、ちょっと待って、アル＝ハーフィ。待ってほしい。何が何やら、見当がつかない。いったい何の話をしてるんだい？

アル＝ハーフィ　サラディン様のところへ持っていくんだろ、袋を？

ナータン　袋？

アル＝ハーフィ　お金を詰めた袋だよ。サラディン様のために立て替えるお金だよ。

ナータン　お金のほかに用はないのか？

アル＝ハーフィ　あんたがさ、サラディン様に毎日のようにお金を搾り取られて、すっからかんになっちまう。そんなこと、そばで見てろと言うのか？　賢くて優しいあんたの穀物倉、これまで空っぽになったことなんてなかった。けど、サラディン様が散財のため、借りて借りて借りまくるから、穀物倉で生まれた子ネズミまでが飢え死にする。そんな有様を、そばで見てろとでも言うのか？——もしかしたらあんたはさ、あんたに金貸してくれと頼む者なら、あんたの忠告にも従うだろうなんて勘違いしてるんじゃないか？——おお、忠告に従う！　サラディン様が忠告に従ったことがあったか？——いいか、ナータン、ついさっきおれはサラディン様のところで何を目撃したと思う？

ナータン　ん？

アル＝ハーフィ　おれが行ったとき、ちょうど妹のシター様とチェスをしていた。シター様はなかなかの腕でね。《539》サラディン様は、負けたと思って、もう投了してた。だが盤面はそのままだった。よく見てみるとさ、サラディン様はまだ負けてなんかいなかった。

ナータン　おお！　あんたが見つけたわけだ！

アル＝ハーフィ　シター様の王手に対して、キングをポーンのほうへ進めるだけでよかった。——ああ、盤面を見せてやりたいな！

ナータン　君の言うこと、信じるよ！

アル＝ハーフィ　そうするとルークが動けるようになって、シター様の負けだ。――それをさ、おれはサラディン様に教えようと思って、声をかけた。――すると、どうだ！
ナータン　君の意見を聞かなかったのか？
アル＝ハーフィ　まったく耳を貸そうとせず、おれを馬鹿にしたような顔をして、駒をぐちゃぐちゃにしてね。
ナータン　まさか？
アル＝ハーフィ　で、「わしの望みは、詰むことだ」とさ。詰むのが望み！　そんなのが勝負と言えるかね？
ナータン　ちょっと無理だね。それは、勝負をもてあそぶことだ。
アル＝ハーフィ　なのに金《かね》を賭けてたんだ。
ナータン　お金のやり取りか！　だがそれは大した問題じゃない。しかし、金庫番の君の助言にまるで耳を貸さない！　そんな大事な点について耳を貸そうともしない！　ワシのように鋭い君の目を尊重しない！　それじゃ、仕返ししたくもなるよね？

アル＝ハーフィ　おい、そういうことじゃない。おれがこんな話をするのは、サラディン様がどんな人間なのか、あんたに知ってもらいたいからだけなんだ。要するに、おれはさ、おれはもう、サラディン様に我慢できない。今おれは、薄汚いムーア人のあいだをさ、「サラディン様にお金を貸してもらえませんか」って聞いて回ってるんだ。おれは、自分のために物乞いなんかしたことがないのに、人様のために「お金を貸してください」と言わされてるんだ。お金を借りるのは、物乞いするのと大差ない。《540》お金を貸す、利息を取ってお金を貸すことが、盗むことと大差ないのと同じように。ガンジス川のほとりで、ゾロアスター教徒の仲間になれば、借金する必要も物乞いする必要もない。借金や物乞いの道具になる必要もない。ガンジス川のほとり、ガンジス川のほとりにだけ、人間らしい人間が住んでいる。このエルサレムじゃ、ガンジス川のほとりで暮らすに値する人間というと、あんたしかいない。――おれといっしょに行かないか？――サラディン様に目をつけられているガラクタなんか全部、きれいさっぱりくれてやってさ。でないとサラディン様にじわじわ食い殺されるぞ。ガンジス川のほとりに行けば、そんな嫌な思いとも一挙におさらばできる。托鉢僧の衣は用意してやろう。さ、行こう！　行こう！

ナータン　その手があるということは、私も考えたさ。だがね、アル＝ハーフィ、もっとよく考えてみたいんだ。ちょっと待ってくれ……

アル＝ハーフィ　よく考えてみる？　いや、よく考えてみることなんかじゃないんだ、これは。

ナータン　ともかくさ、私が最高権力者《スルタン》のところから戻ってくるまで、待ってくれ。別れの挨拶もしたいし……

アル＝ハーフィ　よく考えてみるってことは、しちゃいけない理由を探すってことだ。自分で自分の生き方をすぐに決められないやつは、永遠に誰かの奴隷になるんだ。――好きにすればいいさ！――さらば！　あんたが「よし」と思う道を行くがいい。――おれの道は、あっち。あんたの道は、そっち。

ナータン　アル＝ハーフィ！　サラディン家の金庫番なら、金庫の整理くらいしていくんだろ？

アル＝ハーフィ　冗談じゃない！　おれが番してる金庫には、整理するほどの残高はない。おれの金庫の計算書の保証人は――あんたか、シター様だからな。さら

ば！（立ち去る）

ナータン（アル＝ハーフィを見送りながら）私が保証人になってやる！——粗野で、善人で、気高くて——ああいう男を何と呼べばいいのか？——本物の物乞いこそが、唯一無二の本物の王様なのだ！（もう一方の袖から立ち去る）

《541》第3幕

第1場

舞台はナータンの家。
レヒャとダーヤ。

レヒャ　ダーヤ、お父様が何て言ったの？　「今すぐにでもテンプル騎士が家《うち》を訪ねてくるかもしれないぞ」って？　だったら――そうよね？――すぐに訪ねてくるだろう、っていうふうに聞こえるわよね。――でも、もうずいぶん時間がたってる！――でも、過ぎた時間のこと考えても仕方ないわよね？――今すぐにも訪ねてくるかもしれない、って思うことにする。そのうちきっと訪ねてくださる時がくるわ。

ダーヤ おお、恨めしいのは最高権力者《スルタン》様のお使い！ あれさえなければ、きっとナータン様がすぐにお連れしていたことでしょう。

レヒャ でも、今この瞬間、テンプル騎士様がいらっしゃれば、今ね、あたしの一番熱い、一番切実な願いがかなったなら、じゃ、それからどうなる？——どうなるのかな？

ダーヤ どうなるのかな？ そうなったら、あたくしの一番熱い願いも、かなえていただきたいものです。

レヒャ あたしの今までの願いがかなったら、あたしの胸はどうなるのかな？ あたしの一番の願いがかなっちゃうと、ふくらむこと忘れちゃうんじゃないかな。——あたしの胸、空っぽになるのかな？ ああ、怖い！……

ダーヤ かなえられたお嬢様の願いのかわりに、お嬢様の胸は、あたくしの、あたくしの願いでふくらむのです。あたくしの、あたくしの願いはですね、お嬢様がヨーロッパにいらっしゃること。お嬢様にふさわしい方の腕に抱かれて。

レヒャ それ、違うわ。——その願いがダーヤの願いになるんだったら、《542》逆にその願いは、あたしの願いにはなれない。ダーヤはダーヤの母国に引かれている。でも、あたしはね、あたしの、あたしの母国に引き止められるんじゃないかな？ ダーヤの家族は、ダーヤの心のなかで姿を消したことがない。でもね、あたしの家族だって、それに負けない力をもってるわけ。あたしはあたしの家族を、この目で見、この手でさわり、この耳で聞いてるんだから。

ダーヤ　いくらでも反論すればいいわ！ でもね、天の道は天の道。お嬢様を救った方がですよ、自分の信じる神のために戦って、その神の使いでお嬢様を、お嬢様に定められている国と民族のところへ、お連れしようとしている当のご本人だとしたら、どうかしら？

レヒャ　ダーヤったら！ まあ、ダーヤったら、またその話だ！ ほんとに変な考えをもってるんだから。「その神、その神！ その神のために騎士が戦う！」。神様って、誰のものなの？ ひとりの人のものだなんて、どんな神様なの？ そしてその人を神様のために戦わせるなんて、どんな神様なの？――自分の生まれたその土地が、自分に定められた土地でないとしたら、自分がどの、どの土地に定められて生まれたのか、どうやって知るわけ？――お父様がダーヤの話を聞いたら、大変だ！――ダーヤはね、いつもあたしに、あたしの幸せはお父様からできるだけ離れたところにしかない、って吹き込むけれど、そんなにひどいことをお父様にされたの？　ダーヤはね、お父様があたしの心に蒔いてくれた汚れひとつない理性の種を、しきりにダーヤの土地の雑草や花のなかに混ぜようとするけれど、そんなにひどいことをお父様にされたの？――ねえ、ダーヤ、お父様はね、ダーヤのいろんな色の花があたしの土地に咲くのを見たくないんだ！――あたしもね、あたしの土地がダーヤの花できれいに着飾れちゃうと、あたしの土地がさ、すっかり力を削《そ》がれ、疲れ果てちゃったみたいに感じるわけ。ダーヤの花の香りに、甘酸っぱい香りに包まれると、あたしね、ボーッとしてめまいがしそう！――ダーヤは慣れてるから、クラクラなんかしないでしょ。だからといって、神経が太いなどと非難してるわけじゃない。《543》その香りに、あたしが耐えられないだけ。ダーヤの言った天使の話だって、もうちょっとで信じそうになって、あたし、お馬鹿になっちゃうところだったじゃない？――あんな茶番、あたし、今でもお父様に顔向けできないほど恥ずかしいわ！

ダーヤ　茶番ですって！――まるで、まともな判断力はこの土地にしかない、みたいな言い草じゃないですか！　茶番ですって！　茶番ですって！　ああ、あたくしが本当の事情を話してもいいのなら！

レヒャ　話しちゃいけないの？　ダーヤがさ、ダーヤが信じてるキリスト教の英雄の話をしたがったときには、あたし、熱心に聞かなかった？　その人たちの行動に、あたし、いつも感心しなかった？　その人たちの受難に、あたし、いつも涙を流さなかった？　その人たちが一番英雄らしく思えたのは、もちろん、その人たちの信仰じゃなかったけれど。でもね、神様への帰依と、あたしたちが神様を思うこととはまるで関係ないんだ、って教えられて、あたし、ずいぶん慰められたもの。――ねえ、ダーヤ、それは、お父様があたしたちに何度も教えてくれたことでしょ。そしてダーヤもお父様に何度もうなずいてたでしょ。ダーヤがお父様といっしょに建てたものを、どうしてひとりでぶち壊すの？――ねえ、ダーヤ、あたしたちの友達をお迎えしようとしているときに、こんな話、するもんじゃないわね。もちろん、あたしとしては、だけど！　だって、あたしにとって死ぬほど大事なのは、彼もまた――聞こえる、ダーヤ？――誰かが扉をたたいてるんじゃない？　ああ、もしも彼だったら！　聞こえる？

《544》第2場

レヒヤ、ダーヤ、テンプル騎士。誰かが外から扉を開けて、テンプル騎士をうながす。

さ、どうぞこちらから！

レヒヤ　（ビクッとするが、気持ちをととのえて、テンプル騎士の足もとにひざまずこうとする）この方だ！――あたしを救ってくださった方だ、ああ！

テンプル騎士　こんな真似をされたくないから、今までお訪ねしなかったんだ。でも――

レヒヤ　あたしは、ただ、誇り高いこの方の足もとにひれ伏して、神様にもう一度お礼を言おうとしただけ。この方にはお礼は不要。火事のときに大活躍したバケツと同じだわ。バケツは突然、水を汲《く》まれて一杯になったかと思うと、空っぽにされた。この方もそう。この方が火の海に投げ込まれたときに、あたし、たまたまこの方の腕に倒れ込んだ。火の粉がマントに降りかかるみたいに、この方の腕にくっついちゃった。そして、どうしたわけか、ふたりそろって火の海から放り出されてた。――だから、お礼なんていらないのよね？――ヨーロッパじゃ、ワインの勢いで、もっといろんなことするんでしょ。テンプル騎士なら、そうするしかない。よく仕込まれた犬みたいに、火の中、水の中、飛び込むしかないわけよね。

テンプル騎士　（話をしているレヒャを、じっと観察しながら、驚いて、心穏やかでない）おお、ダーヤ、ダーヤ！　悩んだり、むしゃくしゃしたときには、君に八つ当りしたけどさ、ぼくが口から出まかせで言った馬鹿なことを、ひとつ残らず告げ口したんだな？　仕返しするにしては、ダーヤ、ひどすぎる！　《545》でも今は、お嬢さんにちゃんと取りなしてくれないか。

ダーヤ　あたくしのですね、騎士様、あたくしの考えでは、お馬鹿な小さなトゲがレヒャ様の胸に刺さってますが、だからといって、騎士様のイメージがひどく傷ついたとは思えません。

レヒャ　あら？　騎士様にも悩みが？　それでご自分の命よりも、ご自分の悩みのほうが大事だった？

テンプル騎士　気立てのいい優しい娘さんだ！——でもぼくの心は、目と耳に分割されちゃってるぞ！　耳に聞こえる言葉と、目に見える姿が違いすぎる。——これが、ぼくが火の中から助け出した娘さんだとは。いや、いや、そんな馬鹿な。——こんな娘さんだと知っていたら、火の中に飛び込んで助けなかった者などいなかっただろう。ぼくが通りかかるのを待ってなどいなかっただろう。——もっとも——恐怖のあまり——顔がゆがんでいたかもしれないが。（間《ま》。われを忘れたように、レヒャを見つめている）

レヒャ　でもあたしは、あなたがあたしを救い出してくれた人だと思うわ。——（間《ま》。それから言葉をつづけて、レヒャを見つめている騎士の気をそらせようとする）ところで騎士様、どこにいらしたの？　しばらくお見かけしなかったけれど。——いえ、こう聞いたほうがいいかな。今は、どこにいらっしゃるの？

テンプル騎士　ぼくは、——もしかしたら、いてはいけないところにいるのかも。——

レヒャ　どこにいらっしゃったの？——もしかしたら行ってはいけないところにで

も？　それはよくないわ。

テンプル騎士　うーん――ええっと――何ていったかな、あの山？　そうだ、シナイの山。

レヒャ　シナイ山に？――あら、すてき！　じゃ、これで確かな話を聞かせてもらえるわ。つまり、あれが本当だったのかどうか……

テンプル騎士　何が？　何が？　本当だったのかどうか。あのときモーセが神の前に立って十戒を授かった場所が、まだシナイ山で見られるという噂が……

レヒャ　いえ、そういうことじゃなくて。《546》だって、モーセの立っていたところには、神様がいたんだから。そのことなら、あたしもよく知ってるわ。――あたしがね、本当かどうか教えてもらいたいのは、――シナイ山では上りのほうが下りよりずっと楽だという話。だって、あたし、たくさん山に登ったけれど、まるで逆だったから。あら、騎士様？――どうしたのかしら？――顔そむけちゃって？　あたしの顔、見たくないから？

テンプル騎士　君の話を聞こうとしてるからだよ。

レヒャ　笑ってるのを、気づかれないようにしてるからでしょ？　あたしが単純だから。あらゆる山のうちで一番神聖な山なのに、あたしがろくな質問ひとつできないから。そうでしょ？

テンプル騎士　だったらぼくのほうが、君の目を見つめなきゃ。――あれっ？　今度は君が目を伏せるわけ？　笑うのを、こらえてるのかい？　ぼくは、君の表情から、不確かな君の表情から、なんとか読み取ろうとしてるんだよ。何がぼくの耳にはっきり聞こえて、何が君の口からはっきり言われているのか、を。――なのに黙っているわけ？――ああ、レヒャ！　レヒャ！「ともかくまず、会ってやってください！」と、ぼくは本当に言われたんだよ。

レヒャ　誰が言ったの？――誰に会ってやって、と？――言われたのかしら？

テンプル騎士「ともかくまず、会ってやってください！」と、君のお父さんがぼくに言ったんだ。君に会ってやって、と。

ダーヤ　あら、あたくしも、そう言いませんでした？　あたくしだって、そう言いませんでした？

テンプル騎士　でも、どこにいるんだろう？　君のお父さんは、いったいどこに？　まだ最高権力者《スルタン》のところかな？

レヒヤ　きっとそうだわ。
テンプル騎士　まだ、まだ最高権力者《スルタン》のところ？――あ、うっかり忘れてた！　いや、いや、もうそこにはいらっしゃらないだろう。――向かいの修道院のところでぼくを待ってらっしゃるはず。《547》きっと確かに。そう約束したんだ。失礼！　行かなきゃ。迎えに……
ダーヤ　それ、あたくしの仕事だわ。騎士様は、そのままこちらに。あたくしがすぐにお連れいたします。
テンプル騎士　それは駄目、それは駄目！　お父さんが待っているのは、ぼくなんだから。ダーヤじゃなくて。それにさ、もしかすると――ほんとに、もしかするとだけど――最高権力者《スルタン》のところで、もしかすると、――君たち、最高権力者《スルタン》のことを知らないだろうけど！――もしかすると困っておられるかもしれない。――いいですか、ぼくが行かないと、危険なんだ。
レヒヤ　危険？　どんな危険？
テンプル騎士　ぼくにとっても、君たちにとっても、お父さんにとっても、危険なんだ。急いで、ぼくが急いで行かないと、危険なんだ。（立ち去る）

第3場

レヒヤとダーヤ。

レヒヤ　どうしたんだろう、ダーヤ？——あんなに急いで？——何か問題でも？　何が気になるんだろう？——どうしてあんなに急いで？
ダーヤ　ま、気にせず、放っておきましょう。悪い兆候じゃないと思いますよ。
レヒヤ　兆候？　何の？
ダーヤ　何かが騎士様の心のなかで起きてるんですよ。沸騰してるんです。沸騰しても、こぼれないようにしなくちゃ。騎士様にお任せしましょう。今度はレヒャ様の番ですよ。
レヒヤ　何があたしの番？　ダーヤも、彼と同じで、あたしには理解できないこと言い出すのね。
ダーヤ　レヒャ様はね、これまで騎士様にさんざん気をもませられてきたけれど、まもなくそのお返しができるんですよ。でもね、厳しすぎるお返しは駄目。復讐に燃えすぎちゃ駄目。

レヒヤ　何のこと言ってるんだか、ダーヤは分かってるんだろうけど。

ダーヤ　《548》レヒヤ様はもう、すっかり落ち着かれたのかしら？

レヒヤ　落ち着いてるわ。落ち着いてるわよ……

ダーヤ　じゃ、せめて白状すれば？　レヒヤ様はですね、騎士様が落ち着きをなくしたことがうれしいんだ、と。レヒヤ様が今、落ち着いているのは、騎士様が落ち着きをなくしたからだ、と。

レヒヤ　そんなこと意識してないわ、ぜんぜん！　せいぜい白状するとすれば、こんなところかな。――つまり、あたしの胸はものすごい嵐に見舞われていたのに、突然、嵐がぴたっと止《や》んだ。それが不思議でたまらないわけ。彼に会えたし、話もしたし、声も聞けたし……

ダーヤ　で、すっかり満足したわけね？

レヒヤ　満足した、って言うつもりは、まだないかな。いいえ、――まだまだよ――

ダーヤ　ものすごい腹ペコじゃなくなった。

レヒャ　そんなところかな。ダーヤがそう言いたいのなら。

ダーヤ　いいえ、あたくしは別に。

レヒャ　彼はね、あたしにとって永遠に大事な人になる。あたしにとって永遠に、あたしの命より大事な人でありつづける。彼の名前を聞いたぐらいじゃ、もう脈が速くなることはないけれど。彼のことを思うたびに、もう心臓の鼓動が激しくなって速く打つことはないけれど。——あら、あたし、何言ってるんだろう?

ダーヤ　ねえ、ダーヤ、またあの窓のところから、ナツメヤシの木陰を見ましょう。

レヒャ　まだ完全には収まってないみたいね、ものすごい腹ペコは。

ダーヤ　さ、またあのナツメヤシの木陰を見ましょう。木陰にいるのは彼だけじゃなし。

ダーヤ　冷たいわね。それって新しい熱の前兆でしょう。

レヒャ　どこが冷たいのかな?　冷たくなんかないわ。あたし、落ち着いて見ているけど、見ていて本当にうれしいんだから。

《549》第4場

場面は、サラディンの宮殿の謁見の間。
　サラディンとシター。

サラディン　（登場しながら、ドアに向かって）例のユダヤ人がやって来たら、すぐにここへ通せ。しかし飛んでくる気配がないな。
シター　たぶん家にいなかったので、すぐに見つからないんでしょう。
サラディン　シター！　シター！
シター　お兄様、まるで会戦を控えてるみたい。
サラディン　それも、使い方を教わったことのない武器でやろうという会戦だ。自分を偽れ、相手を恐れさせせろ、罠を仕掛けろ、アイスバーンにおびき寄せろ。そんなことが、わしにできたことがあったか？　どこでそんなことを教わったというのか？――そんな卑しいことは、いったい何のためなんだ？　何のためなんだ？——金《かね》を巻き上げるためだ。金《かね》を！——金《かね》を、ユダヤ人から金《かね》をおどし取るためだ。金《かね》をな！　つまらんもののなかで一番つまらんものを手に入れるため、こんな小細工をする羽目になってしまったのか？

シター　どんなにつまらないものでも、馬鹿にしすぎると、痛い目にあわされるわよ、お兄様。

サラディン　残念ながら、そうだ。——だが、托鉢僧のアル＝ハーフィが以前お前に言ったように、このユダヤ人が善良で分別のある男なんかだったら？

シター　あら、そのときは、そのときの話！　困ることなんてないでしょう！　罠にかかるのは、欲張りで、気の小さい、臆病なユダヤ人だけ。善良で、賢い人なら、かからないわ。そういう人なら、罠になんかかけなくても、きっとわたしたちの味方になってくれる。《550》そういう人がどんな具合に言い抜けるのか、聞くのが楽しみだな。あっさり力ずくで綱を切ってしまうのか、それとも、ずる賢く用心して綱をすり抜けるのか。それを見る楽しみまで、お兄様にはあるわけだから。

サラディン　そうだな。たしかに、それは楽しみだ。

シター　だったらもう、お兄様が当惑する理由なんてないわけでしょ。ナータンが、その他大勢のユダヤ人にすぎないなら、どこにでもいるユダヤ人にすぎないなら、お兄様のほうでも、お兄様がナータンに、「人間ってこんなものさ」と思われてるような人間だと思われたとしても、恥ずかしいことなんかないわけでしょ？　そんな人には、むしろ好い顔を見せるほうが、お調子者とか、阿呆って思われる。

サラディン　とすると、わしがひどいやつに、ひどいと思われないためには、ひどいことをする必要があるというわけか？

シター　そう！　どんなものでも、それ相応に扱うことが、「ひどいことをする」というのなら。

サラディン　しかし女ってやつは、自分の頭で考え出したことなら、何とでも言いつくろえるんだな！

シター　言いつくろうだなんて！

サラディン　細工が繊細だから、わしの不器用な手でさわると壊れるんじゃないか！　それだけが心配だ。――こういうことは、こいつをひねり出したのと同じ手で、実行しないと。つまり抜け目なく、器用に。だが、まあ、なるようにしかならん！　踊れるだけ、踊ってみるか。上手にやるより下手にやるほうが、まだましかもしれんぞ。
シター　もっと自信もたなくちゃ！　わたしはお兄様の味方よ！　やる気を出せば、大丈夫。――お兄様もそうだけど、男の人って、「天下を取ったのは、俺の剣あればこそ、俺の剣あればこそ」と、わたしたちに言いたがる。ライオンは、キツネといっしょに狩りをすると、もちろん恥ずかしがる。――でも、キツネを恥ずかしがるのであって、策略を恥ずかしがったりしない。
サラディン《551》しかしどうして女たちは、こんなに上から目線で男を見たがるのかね！――さあ、さっさと行ってくれ！――教わったようにやれそうだから。
シター　あら？　わたし、ここにいちゃ、駄目？
サラディン　そんな気、なかったくせに！
シター　ここで――お兄様の顔が見えなくても――隣の部屋に隠れてるわ。――
サラディン　そこで聞き耳を立ててるつもりか？　いや、シター、それも駄目だ。わしにうまくやらせようと思うなら。――さあ、さっさと行くんだ！　カーテンが擦《す》れる音が聞こえる。お、来た！――だがお前は、隣の部屋にいるのも駄目だぞ！姿を消したかどうか、確かめるからな。

シターがドアから出て行くあいだに、別のドアからナータンが入ってくる。サラディンはもう椅子にすわっている。

第5場

サラディンとナータン。

サラディン　さ、こちらへ、ユダヤの者！——もっと近くに！——恐れることはない！
ナータン　恐れることは、最高権力者《スルタン》を敵と思う者に任せましょう！
サラディン　ナータンと言ったな？
ナータン　はい。
サラディン　賢者ナータンか？

ナータン　いえ。

サラディン　いいだろう！　自分でそう言わなくとも、世間では賢者ナータンと言われておる。

ナータン　そうかもしれません。世間では！

サラディン　わしが世間の声を軽蔑しているなどとは、思ってないだろうな？——世間で賢者と呼ばれている男と知り合いになりたいと、ずっと前から思っていた。

ナータン　しかし、どうでしょうか。嘲笑するために《552》世間が、賢者と言っているとしたら？　世間では賢者が、利口者のことでしかないとしたら？　利口者が、自分の利益に敏感な者でしかないとしたら？

サラディン　本当に自分の利益になる、という意味で言っているのだな？

ナータン　とすると、もちろん、もっとも利己的な者がもっとも利口者ということに。とすると、もちろん、「利口」と「賢い」が同じにすぎないことに。

サラディン　お前は、自分の反論しようとすることを証明しているのか。わしの耳にはそう聞こえるぞ。——人間の本当の利益というものを、世間は知らないが、お前は知っている。少なくとも知ろうとしてきた。それについて考えてきた。それだけでもすでに賢者ではないか。
ナータン　誰しも、自分は賢者だとうぬぼれています。
サラディン　謙遜するのはそれくらいでいい！　歯に衣着《きぬ》せぬ理性の声が聞きたいのに、謙遜の言葉ばかり聞かされると、ムカつくぞ。（急に立ち上がる）要件に入ろう！　だがな、だが正直に、ユダヤの者、正直に答えてもらいたい！
ナータン　しっかり最高権力者《スルタン》のお役に立ちたいと思っています。末長くご愛顧のほどを。
サラディン　役に立ちたい？　どのように？
ナータン　最上の品を最安値でお納めします。
サラディン　何の話だ？　まさか、お前が扱っている商品のことではあるまい？――値引きの話なら、きっとわしの妹が乗るだろう。〈これは、盗み聞きしているシターのために言ってやっているんだぞ！〉――わしは、商談には興味がない。
ナータン　では、きっとお知りになりたいのは、近ごろ動きはじめた敵の情勢で、私が旅の途中で見聞きしたことですね？――では、包み隠さずお話し――
サラディン　いや、お前と話したいのはその方面のことでもない。必要な情報なら持っておる。——要するに、——

ナータン 《553》どうぞお命じください、最高権力者《スルタン》。

サラディン ぜひ教えてもらいたいのは、まったく別のこと、まったく別のことなのだ。——賢者と言われているお前に教えてもらいたいのはな、——どの信仰、どの掟に、お前が一番納得しているのか？

ナータン 最高権力者《スルタン》、私はユダヤ教徒です。

サラディン で、わしはイスラム教徒だ。そしてわしらのあいだにおるのが、キリスト教徒だ。——この3つの宗教のうち、本物の宗教は1つしかないはずだ。——お前のような人間なら、自分がたまたま生まれたその土地の、宗教にとどまってはいない。もしも、とどまっているのなら、それは、よく考え、しかるべき根拠があって、より良いものを選んだ結果だ。さあ！　お前がよく考えたことを教えてくれ。しかるべき根拠を教えてくれ。わしにはじっくり考える時間がなかった。しかるべき根拠で選ばれた結果を——もちろん、ここだけの話として——教えてくれ。わしもそれを選びたいのだ。どうだ？　面食らっているな？　わしの真意を探っているのか？——こんな気まぐれを起こした最高権力者《スルタン》は、わしが最初かもしれん。だが、この気まぐれは、最高権力者《スルタン》にふさわしくないとは思えないのだ。——違うか？——さあ、聞かせてくれ！　話せ！——それとも、しばらく考えてみたいか？　よし、時間をやろう。——〈シター、ちゃんと聞いてるか？　今度は、わしが聞き耳を立てる番だ。わしがうまくやれたかどうか、聞かせてくれ——〉。さあ、ナータン、考えてみてくれ。急いで考えてみてくれ！　わしは、すぐ戻ってくるから。（サラディンは、シターが姿を消した隣の部屋へ行く）

《554》第6場

ナータンひとり。

ナータン　うーん！　うーん！——おかしいぞ！——どういうことだ？——最高権力者《スルタン》は、いったい何を望んでいるのだ？——私はてっきり金《かね》の話だと思っていた。ところが最高権力者《スルタン》がしたのは——真理の話。望みは真理！　しかも――現金のように――ピカピカの真理をお望みなのだ。――まるで真理が硬貨であるかのように！――たしかに大昔の硬貨なら、測った重さが価値になっていた！――それならまだましだ！　だが、新しい硬貨は、刻印を押して造るだけなので、硬貨を計算盤に並べるだけで勘定できる。そんなものは真理などではない！　お金を袋に詰めるように、真理も頭に詰めてみるか？　すると、どちらがユダヤ人なんだ？　私か、最高権力者《スルタン》か？――しかしどうだろう？　最高権力者《スルタン》は真理を実際には必要としていないのでは？――たしかに、たしかに、最高権力者《スルタン》が必要としている真理は、罠に使われているにすぎないのではないか？　だが、そう疑うには、あまりに話が小さすぎる！――偉い人にとって小さすぎるとは、どういうことだ？――たしかに、たしかに、最高権力者《スルタン》が勝手にドアを開けて、家に入ってきたようなものだ！　だが友人として近づくなら、まずドアをノックして、都合を聞くものだ。――用心しなくては！――だが、どうやって？　用心するとは、どういうことだ？――生粋のユダヤ教徒のような顔をすれば、きっとうまくいかない。――まるでユダヤ教徒でないような顔をするのは、もっとまずい。ユダヤ教徒でないなら、どうしてイスラム教徒でないのか、と聞かれるだけだ。——ああ、あの手があった！　あの手なら、私を救ってくれるかもしれない！——子どもだけじゃないんだ、メールヘンで丸めこめるのは。——お、サラディン様がおいでだ。さあ、来るがいい！

《555》第7場

サラディンとナータン。

サラディン　〈さ、これで邪魔者のシターがいなくなった！〉——戻ってくるのが早すぎなかったか？　しっかり考え抜いたことだろう。——さあ、聞かせてもらおうか。聞いている者は誰もいない。
ナータン　いえ、世界中の人に聞いてもらいたいもので。
サラディン　ナータンはそんなに自信があるのか？　ははあ！　さすが賢者！　けっして真理を隠さないのだな！　真理のためには、すべてを賭けるのだな！　体も命も！　財産も血も！

ナータン　ええ！　ええ！　必要ならば、役に立つのであれば。

サラディン　「世界と掟の改革者」はわしの称号のひとつだが、これからはそれを堂々と使えるようになるわけだ。

ナータン　まことに、すばらしい称号です！　ところで最高権力者《スルタン》、私の考えを聞いていただく前に、お話ししておきたい物語がひとつございます。

サラディン　もちろん構わん。上手に語られるなら、いつでも物語を聞くのが好きだった。

ナータン　いえ、上手に語るのは、得意ではありませんが。

サラディン　おお、また自信たっぷりの謙遜か？——さ！　話せ！　聞かせてくれ！

ナータン　ずうっと昔のことですが、東方に男がおりました。その男は、測り知れないほどの価値のある指輪を、大事な人からもらって持っておりました。石はオパールで、無数の美しい色で輝き、《556》おまけに秘密の力をもっておりました。指輪の力を信じて指輪をはめている者を、神と人の前で好ましい人間にするという力です。それゆえ、東方の男は指輪をけっして指から外すことはありませんんでした。また、その指輪を永久に家宝として保存せよと定めることに、何の不思議がありましょうか？　実際そのようにしたのです。男はその指輪を、息子たちのなかで最愛の息子に譲って、こう定めたのです。「お前もまたこの指輪を、お前の息子たちのなかで最愛の息子に遺《のこ》すのじゃ。そうやってつねに最愛の者が、生まれた順番にかかわらず、ただ指輪の力によって、家長となり、家を支配するのじゃ」――おわかりですか、最高権力者《スルタン》？

サラディン　よくわかるぞ。さ、その先を！

ナータン　こうして指輪は、息子から息子へと伝わり、ついに3人の息子の父親の手に渡りました。3人の息子はみな同じように父親の言うことをよく聞いたので、父親もその3人を同じように愛さずにはおられませんでした。ただ、ときおり父親には、あるときはこの息子、またあるときはその息子、さらにあるときはあの息子が――父親とふたりだけになり、ほかの2人の息子には父親の愛情が注がれなかったので――、指輪にもっともふさわしいように思われたのです。そしてやっぱり父親は、優しくて気が弱いため、それぞれの息子に指輪を譲る約束をしてしまったのです。しばらくは何事もなく、そのまま時が過ぎました。――けれども死が近づいてくると、善良な父親は、はたと困惑します。息子たちは３人とも父親の約束を信じているのに、そのうち２人を裏切ることになるわけで、心を痛めたのです。――どうしたものか？――父親はこっそり細工師のところに人をやり、自分の指輪を見本にして、別に指輪を２つ注文したのです。費用も手間も惜しむことなく、元の指輪と同じような、完全に同じような指輪を作ってもらいたいと命じたのです。細工師は注文通りの仕事をしました。細工師が指輪を届けると、《557》当の父親でさえ、どれが元の指輪なのか区別ができません。喜び勇んで父親は、３人の息子を、ひとりずつ別々に呼んで、ひとりずつ別々に祝福と――そして指輪をあたえて、――死んだのです。――お聞きですか、最高権力者《スルタン》？

サラディン（うろたえて、ナータンから顔をそむける）聞いておるぞ、聞いておるぞ！――さ、お前のメールヘン、さっさと最後まで聞かせてくれ。――どうなったのだ？

ナータン　もう、おしまいです。どうなったかは、わかりきったことですから。――父親が死ぬとすぐに、３人の息子はそれぞれ、自分のもらった指輪を持ってあらわれ、それぞれ自分が家長だと主張したのです。みんなで指輪を調べ、みんなで言い争い、みんなが訴えた。でも、無駄でした。どれが本物の指輪なのか、証明できなかったのです。(間《ま》をおいて、最高権力者《スルタン》の反応を待ってから)——今の私たちとほとんど同じように、証明できないのです。——３つの信仰のうち、どれが本物の信仰なのか。

サラディン　ん？　それが、わしの問いに対する、お前の答えというわけか？……

ナータン　どうか、それを答えにさせていただきたいのです。私には、３つの指輪をあえて区別する勇気がありません。父親は、３つの指輪を区別できないようにするために、指輪を作らせたわけですから。

サラディン　指輪なんかで！——わしをからかうでない！——わしが言った３つの宗教には、ちゃんと違いがあるではないか。着る物でさえ、食べ物や飲む物でさえ！

ナータン　ただ、３つの宗教の根本から見れば、違いはありません。——というのも、３つの宗教はどれも、物語つまり歴史にもとづいておりませんか？　その伝承が文字であれ、口づてであれ！——そして物語つまり歴史というものは、きっと問答無用でそのまま受け入れられますよね？――違いますか？――ところで、どの信仰も「問答無用に俺を信じろ」と言いますが、どの問答無用が一番信用されるでしょう？　やはり、自分の民族の信仰ですか？　やはり、私たちと血がつながっている者の信仰ですか？《558》やはり、子どもの頃から私たちに愛の証《あかし》を見せてくれた人たちの信仰でしょうか？　その人たちは、私たちを欺いたことがありません。私たちを欺いたほうが、私たちのためになる場合は別として。――あなたの祖先をあなたが信じるのと同じように、私の祖先を私が信じることがないとでも？　あるいはその逆も考えられますが。――私が私の祖先に反論しないですむようにですよ、私はあなたに、あなたの祖先を嘘つき呼ばわりすることを望むことができるでしょうか？　あるいはその逆も考えられますが。キリスト教徒にも、これと同じことが言えます。違いますか？――

サラディン　〈確かに！　この男の言うとおりだ。わしは黙っているしかないな〉

ナータン　さあ、指輪の話に戻りましょう。お話ししたように、３人の息子はそれぞれが残りの２人を訴えたのです。それぞれが裁判官に、指輪を父親からじかに手渡されたのだと誓って言いました。――実際、その通りでした！――そしてそれそれが、ずっと前から父親との約束で、指輪の特権をさずかることになっていると主張したのです。――これもまた実際、その通りでした！――それぞれが、こう断言したのです。「父が私に嘘をついたはずはありません。この件では、父を、こんなに愛している父を疑うよりは、むしろ2人の兄弟を嘘つきだと疑わざるをえません。いつもなら2人が善人であることを、喜んで信じるのですが。裏切り者をかならず見つけ出して、かならず復讐してやります」

サラディン　で、裁判官は？――裁判官がどう言ったのか、お前の口から聞かせてもらいたい。さ、話してくれ！

ナータン　裁判官はこう言ったのです。「お前たちが今すぐここに父親を連れてこないなら、私はお前たちに退廷を命じる。お前たちは、私が謎を解くためここにすわっていると思っているのか？　それとも、本物の指輪が口を開くまで待っているつもりなのか？――だが待てよ！　私はお前たちから聞いたぞ。本物の指輪には、その持ち主を愛される者にするという不思議な力がある。《559》神にも人にも好ましい者にする、と。それが、きっと判決の決め手になる！　偽物の指輪にはその力がないだろうからだ！――さて、お前たち3人のうち一番愛されているのは誰だ？——さあ、言え！　黙っているのか？　お前たちの指輪は、お前たちの内側にしか力をもたないのか？　外に向かって力をもっていないのか？　お前たちはそれぞれ自分だけを一番愛しているのか？——おお、だとしたらお前たちは３人とも、ペテンにかけられたペテン師だ！　お前たちの指輪は、３つともすべて本物ではない。本物の指輪は、どうやらなくしてしまったらしいな。それを隠し、その埋め合わせとして、お前たちの父親はお前たちのために、３個の指輪を作らせたのだ」

サラディン　すばらしい！　すばらしい！

ナータン　裁判官は言葉をつづけました。「したがって私が口にするのは、判決ではなく忠告だが、お前たちがそれを望まぬなら、さっさと退廷するがよい！——では、私の忠告とは、こういうものだ。お前たちはこの事態を、そっくりそのまま受け取るがよい。お前たちはそれぞれ、自分の指輪をお前たちの父親からもらったのだから、めいめいがしっかり自分の指輪を本物だと信じるのだ。——ことによるとお前たちの父親は、たったひとつの指輪だけが自分の家を支配することに、もう我慢できなくなったのかもしれない！——そして確かに、お前たちの父親はお前たち３人をみんな愛していた。同じように愛していた。１人だけを贔屓《ひいき》するために、あとの２人を邪険に扱いたくなかったのだ。――さあ！　それぞれが、お前たちの父親の、何ものにも囚われず偏見のない愛を手本にして、はげむのだ！　それぞれが競って、お前たちの父親の指輪の宝石がもっている力を発揮させるよう、努めるのだ！　穏やかな心、心からの協調、神へのひたむきな帰依によって、宝石の力を助けるのだ！　そうやって、お前たちの子どもの子どもの子どもの代になって、それぞれの宝石のそれぞれの力が発揮されるようになった暁には、何千年何万年も先のことだろうが、私はお前たちをふたたびこの法廷に呼び出してやろう。そのときには私より賢明な男が裁判官席にすわっていて、こう言うだろう。さあ、帰れ！」――と、控えめな裁判官は言ったのです。

サラディン　神よ！　神よ！

ナータン　サラディン様、あなたがご自分こそ、この賢明な未来の裁判官であると思われるなら……

サラディン　（ナータンに駆け寄り、その手をつかみ、最後までその手を離さない）塵でしかない、わしが？　無でしかない、わしが？　おお、神よ！

ナータン　どうされました、サラディン様？

サラディン　ナータン、おお、わがナータン！――お前の裁判官が言った何千年何万年は、まだ過ぎてはいない。――その裁判官の席は、わしの席ではない。――帰れ！――帰れ！――だが、わしの友達になってくれ。

ナータン　ではサラディン様、私にはもう御用がないと？

サラディン　ない。

ナータン　ない？

サラディン　まったくない。――だが、どうして？

ナータン　じつは、サラディン様にお願いする機会をうかがっていたのですが。

サラディン　そんな機会をうかがう必要などないではないか？――さあ、話せ！

ナータン　私は、貸金取り立ての長旅から戻ってきたばかりです。――手もとには現金が余るほどあります。――またぞろ心配なご時世になってきました。――で、手持ちのお金をどうしておけば安心なのか、よく分かりません。――そこで考えたのです。もしやサラディン様なら、――戦争が近づいてくると、ますますお金が必要になるものですから――いくらか使っていただけるのではないか、と。

サラディン　（ナータンの目をじっと見つめて）ナータン！――わしはな、アル＝ハーフィがお前を訪ねたかどうか、聞くつもりはない。なにか魂胆があって、お前がそんな申し出をしているのかどうか、探るつもりもない。……
ナータン　魂胆が？
サラディン　《561》わしは、魂胆があると思われて当然の身。――許してくれ！――隠しても仕方がないな？　白状しよう。――わしは、ちょうど……――
ナータン　私が今まさに言ったことを、私に依頼されようとしていたのでは？
サラディン　まさにその通りだ。
ナータン　なら、双方にとって好都合ではありませんか！――しかしですね、手持ちの現金をすべて提供することはできません。あの若いテンプル騎士のことがあるからです。ご存知ですね、あの青年のことは？　まずあの方に多額の負債を払わなければならないのです。
サラディン　テンプル騎士？　なんと、わしの最悪の敵を、そなたの金《かね》で援助しようというつもりなのか？
ナータン　私が言っているのは、ひとりのテンプル騎士のことだけです。サラディン様が命を助けておやりになった……

サラディン　ああ！　よく思い出させてくれた！——あの若者のこと、すっかり忘れていた！——知り合いなのか、あの若者と？——今、どこにいる？

ナータン　とすると？　サラディン様の恩赦のおかげでその若者が命拾いをし、その若者のおかげで私までが、どれだけ恩恵をこうむったか、ご存知ないわけですか？　その若者が、サラディン様に助けられた命を危険にさらして、火の中から私の娘を救い出してくれたのです。

サラディン　あの若者が？　そんなことをしたのか？——そうか！　そういうことをやりそうな男だった。きっとわしの弟も同じことをしただろう。あの若者はわしの弟にじつによく似ている！——まだこの地にいるのかね？　なら、ここに連れてきてくれ！——わしの妹は、わしの弟に会ったことがないのだが、妹には、弟のことをよく話して聞かせてきたので、ぜひ、弟そっくりの若者に会わせてやりたいのだ！——さ、行って、連れてきてくれ！——たとえ一時的な情熱から生じたものにせよ、善行からは、ほかにたくさんの善行が生まれるものだ！　さ、行って、連れてきてくれ！

ナータン　（サラディンの手を離しながら）《562》では、すぐに！　では別件も、あれでよろしいですね？（立ち去る）
サラディン　ああ！　妹にも今の話、聞かせてやればよかった！――さ、妹のところへ！　妹のところへ！――さて、今の話、どうやって聞かせてやればいいものやら？（もう一方の袖から立ち去る）

第8場

舞台は、修道院の近くのナツメヤシの木陰。テンプル騎士がナータンたちを待っている。

テンプル騎士　（悩んで自問自答しながら、行ったり来たりしている。突然、大声でしゃべりはじめる）――ここで犠牲《いけにえ》のケダモノが疲れ果てて、じっと動かなくなっている。――よし、いいだろう！　ぼくはもう、ぼくはもう、自分の心のなかで何が起きているのか、知らないようにしよう。これから何が起きるのだろうか、先回りして嗅ぎつけないようにしよう。――もう、うんざりだ。逃げたけれど、無駄だった！　無駄だった。――でも、逃げる以外には実際、何もできなかったんじゃないか？――よし、さあ、来るものは拒まず。――あの一撃は、あまりにもすばやかったので、避けようがなかった。長いあいだ苦心して、一撃を食らわないようにしてきたのだが。――あの娘に会いたくてたまらない、なんて思ったことはなかったのだが。――あの娘に会って、あの娘を二度と見失わないでおこうと決心した。――ん、決心？　決心するということは、意図して行動することなのに、ぼくは、このぼくは、ただ悩んでいただけじゃないか。――あの娘に会って、ぼくはからめ捕られ、がんじがらめになった気分だ。会うということは、決心することだったんだ。――それは今でも変わらない。――あの娘と離れて生きるなんて、まったく考えられない。ぼくは死んだも同然だ。――死後、ぼくたちがどこに住もうと、あの娘と離れているなら、やっぱりぼくは死んだも同然だ。――さて、これが恋なら、そうなら――テンプル騎士は明らかに恋をしてるぞ――キリスト教徒がユダヤの娘に明らかに恋をしてるんだ。――うーん！

《563》どうすればいい？——ぼくはもう、この約束《ゲローブト》の地で偏見をいろいろ捨てた。——だからぼくにとってここは永遠に、賞賛《ゲローブト》の地でもあるわけだ！——テンプル騎士団は、このぼくに望むことがあるのか？　テンプル騎士としてのぼくは死んでいる。ぼくがサラディンの捕虜になった瞬間に、ぼくはテンプル騎士団にとっては死んだ人間。サラディンが首をはねずに助けてくれたこの頭は、以前のぼくの頭だろうか？——いや、新しい頭だ。この新しい頭は、以前の頭に吹き込まれたこと、以前の頭を縛っていたものを、何ひとつ知らない。——しかも、以前の頭よりよくなっている。父の空にふさわしく作られているんだ。実際、そんな気がする。というのも、父についてぼくが聞かされた話が作り話《メールヘン》でないなら、この頭になってはじめてぼくも、父がこの地でやったに違いない考え方をするようになるんだから。［テンプル騎士の父はイスラム教徒だったが、キリスト教徒の娘に恋をして、キリスト教徒になった。テンプル騎士はキリスト教徒だが、ユダヤ人の娘に恋をしている］——作り話《メールヘン》？——だとしても、信じることのできる作り話《メールヘン》だ。今が一番信じることができるように思える。なにしろここで、ぼくはつまずきそうになっているだけだが、父は転んだのだから。——父が転んだ？　改宗した？

ぼくは、子どもたちといっしょに踏ん張って立っているよりは、大人たちといっしょに転ぶほうがいい。——今のぼくは、転んだ父の例にならうわけだから、父は賛成して、保証人になってくれるはずだ。それから父のほかに、ぼくは誰に賛成してもらいたいのか？——ナータンに？——おお、ナータンには賛成というよりは、ぜひ激励してもらいたいものだ。——しかし、なんというユダヤ人だ！——それなのに、まるでただのユダヤ人のような顔をしているんだから！おお、やって来たぞ、ナータンが。急いでやって来たぞ。うれしそうに顔を輝かせて。サラディンのところから帰ってくる者は、みんなこうだ！——おーい！おーい、ナータンさん！

《564》第9場

ナータンとテンプル騎士。

ナータン　おや？　あなたでしたか？
テンプル騎士　ずいぶん長いあいだ最高権力者《スルタン》のところにいたんですね。
ナータン　そんなに長くはなかったと思いますが。行く途中、いろいろ引き止められることがあって。――ああ、クルト、本当に最高権力者《スルタン》は評判どおりの人だね。評判なんて、その人の影にすぎないが。――しかしともかく急いで君に伝えなければならないことが……
テンプル騎士　何ですか？
ナータン　最高権力者《スルタン》が君に話があるそうだ。大至急、来てもらいたい、とおっしゃってる。ともかく、いっしょに私の家まで来てもらいたい。私はまず、最高権力者《スルタン》のために指図しておかなければならない別の用があるんだ。それから、いっしょに最高権力者《スルタン》のところへ行こう！
テンプル騎士　ナータンさんの家には、ぼくはもう行かないほうが……
ナータン　ということは、もう行ってくれたんですか？　娘とも話してくれたんですね？――じゃ？――レヒャのこと、いかがでしたか？
テンプル騎士　言葉なんかじゃ言えません！――しかし、――レヒャさんにまた会うなんて——そんなこと、ぼくは絶対しませんよ！　絶対に！　絶対に！——でもですね、ナータンさんに今すぐ約束してもらえるなら、別だけど。——レヒャさんにぼくがずっと、永遠に——会っていてもいい、と。

ナータン　それ、どういう意味に解釈すればいいのかな？

テンプル騎士　（ちょっと間《ま》をおいてから、突然ナータンの首にしがみついて）お父さん！

ナータン　——若者よ！

テンプル騎士　（また突然ナータンから離れて）《565》息子とは呼んでもらえない？——ナータンさんには、息子と呼ばれたいのに！——

ナータン　いや、若者だね！

テンプル騎士　息子ではなく？——お願いです、ナータンさん！——ぼくたちを最初に結びつけた絆《きずな》にかけて、お願いしてるんですよ！——後から気づいた束縛なんかを優先させないでください！——人間であるというだけで十分じゃないですか！——ぼくを突き放さないでください！

ナータン　いや、大事な友人だ！……

テンプル騎士　そして息子では？　息子ではない？——感謝の気持ちがレヒャさんの

胸に恋の道筋をつけてくれたのに。それなのに、それなのに、息子ですらない
と？　感謝と恋が融けてひとつになるには、あなたの合図があればいいだけなの
に、それなのに、息子とすら呼んでもらえない？――黙ってるんですか？
ナータン　若い騎士の言葉に驚いているんだ。
テンプル騎士　ぼくが驚かせている？――ぼくがナータンさんを、ナータンさん自身
の考えで驚かせている？――ぼくの口から出た言葉だけど、間違いなくそれは、
ナータンさんの考えですよね？――ぼくがナータンさんを驚かせている？
ナータン　ともかくその前に、君の父上の姓はシュタウフェンだが、父上のファース
トネームを知りたいんだ。
テンプル騎士　何を言いだすんですか、ナータンさん？　何を？――こんなときにも、
好奇心しか湧かないんですか？
ナータン　いや、聞いてもらいたいんだ！　私自身ね、以前、シュタウフェン姓の人
と面識があった。コンラート・シュタウフェンという名前だった。
テンプル騎士　で、――で、もしもぼくの父がまったく同じ名前だったとしたら？
ナータン　本当に？

テンプル騎士　ええ、ぼくは父の名前をもらってるんです。クルトとはコンラートのことで。
ナータン《566》だったら――私の知っているコンラートは、君の父上じゃない。私の知っているコンラートは、君と同じテンプル騎士で、結婚してなかったから。
テンプル騎士　ああ、だったら！
ナータン　え？
テンプル騎士　だったら、その人、ぼくの父だったかもしれない。
ナータン　冗談だろう。
テンプル騎士　いや、ナータンさんは本当に厳密すぎるんだ！――じゃ、こういう場合はどうですか？　私生児とか、庶子とかの場合です！　種族というのも馬鹿にできません。――でも、ぼくの系図は調べないでください。ぼくもあなたの系図は調べませんから。もちろん、あなたの家系に疑いなんかもってませんよ。いや、まったくもって！　あなたはあなたの系譜を、アブラハムまで一代ずつ遡《さかのぼ》って証明することができますよね。それから先の系譜だって、ぼくも知っています。誓ってもいいです。

ナータン　なかなか辛辣だな。――しかしそれは、私のせいかな？――これまで私は君に何かを拒絶したことがあったかな？――今はただ、君の言葉を文字どおりに受け取るつもりがないだけでね。――ただそれだけのこと。

テンプル騎士　本当ですか？――ただそれだけのことですか？　ああ、だったら、どうも失礼しました！……

ナータン　さあ、ともかく行こう、さあ！

テンプル騎士　どこへ？　いや！――いっしょにナータンさんの家へ？――駄目です、それは！　駄目です、それは！――熱い思いで胸が燃えてしまう！――ここで待ってます。さあ、行ってください！――レヒャさんに会わせてもらえるなら、これからいくらでも会うわけです。会わせてもらえないなら、すでにもう会いすぎたわけで……

ナータン　じゃ、私ができるだけ早く戻ってくるか。

《567》第10場

テンプル騎士。それからすぐにダーヤ。

テンプル騎士　ああ、もう十分すぎるほど会ったんだ！――人間の脳には、いくらでも詰め込むことができる。でも突然、いっぱいになることもある！　小さなことで突然、いっぱいになるんだ！――すると、中身が何であれ、脳は役に立たなくなる、役に立たなくなる。――でも我慢するしかない！　ふくらんだものを心がこねているうちに、すき間ができて、光と秩序が戻ってくる。――これがぼくの初めての恋なのか？――それとも、ぼくが恋だと思っているものは、恋じゃなかったのか？――今ぼくが感じているものだけが、恋なのか？……

ダーヤ　（脇のほうからそっと寄ってくる）騎士様！　騎士様！

テンプル騎士　誰だ、呼んでいるのは？――おお、ダーヤ、お前か？

ダーヤ　旦那様のそばを、見つからないようにすり抜けてきたんですよ。ここに立っていると、旦那様に見つかってしまいます。――ですからもっとこちらへ来てください。この木の陰へ。
テンプル騎士 どうしたんだ？――何か秘密でもあるのか？――どうしたんだ？
ダーヤ ええ、秘密のお話があるので、あたくし、こちらへ来たんです。それも二重の秘密が。ひとつは、わたくしだけが知っている秘密、もうひとつは、騎士様だけが知っている秘密。――どうです、交換しません？　騎士様が教えてくだされば、あたくしもお教えします。
テンプル騎士 喜んで。――だがその前に、お前が何をぼくの秘密だと思っているのか、それを聞かせてもらわないとね。それは、お前の秘密を聞かせてもらえば、分かるだろう。――さ、話して。
ダーヤ あら、そんなこと！――駄目です、騎士様。《568》まず騎士様から。それからあたくしということで。――だって、きっと、あたくしの秘密はですね、先に騎士様の秘密を教えていただいてからでないと、騎士様には何のお役にも立ちませんから。――さあ、さっさと教えてください！――だって、聞き出されたんじゃあ、秘密を明かしたことにはならないでしょ。するとあたくしの秘密は秘密のままで、騎士様はご自分の秘密をなくしちゃってるわけでしょ。――でも、かわいそうな騎士様！――男の人って、その手の秘密を女に隠しておけると思ってるんだから！

テンプル騎士　男はさ、自分に秘密があるなんて、しばしば自分でも分かってないんだ。

ダーヤ　そうかもしれない。だから親切なあたくしが、もちろん先に秘密を教えてあげなくちゃ。――さて、いったいどういうことだったんです、あれは？　騎士様は突然、どこかへ行っちゃった。あたくしたちを置き去りにして。――そして戻ってきたと思ったら、今度はナータン様とご一緒。――騎士様にとってレヒャ様の印象って、その程度のものだったのですか？　どうです？　それとも、そんなに強いものだったのですか？――そんなにも！　そんなにも！――かわいそうに鳥が鳥刺しのモチ竿《ざお》で、羽をバタバタさせているのを、どうか、あたくしに見せてくださいな！――はっきり言いましょう。レヒャ様のことが好きだと、さっさと白状なさい。わけが分からないほど好きだと。白状すれば、あたくしも騎士様に秘密を……

テンプル騎士　わけが分からないほど？　たしかに。ぴったりお見通しだ。
ダーヤ　ともかく好きだ、とお認めなさい。わけが分からないのは、大目に見てあげます。
テンプル騎士　本人も自覚してるから？——テンプル騎士がユダヤ人の娘を好きになってしまった！……
ダーヤ　もちろん、ほとんどわけが分からないように思えますよ。——でもですよ、ひとつの事柄には、あたくしたちが推測するより多くの意味《わけ》が、ときにはあるものです。救世主があたくしたちを導くときには、利口者なら自分がまず歩きそうもない道を、あたくしたちに歩かせるということも、聞かない話ではありませんから。
テンプル騎士　《569》そんなに仰々《ぎょうぎょう》しい話なの？——〈でも、救世主を摂理に置き換えれば、この女の言うことも正しいのかも？〉——ダーヤの話には好奇心をそそられる。ぼくは普段、好奇心をそそられることなんかないんだけど。
ダーヤ　あら！　ここエルサレムは、数々の奇跡が起きた土地なんですよ！
テンプル騎士　〈そうだ！——奇跡の土地だ。そうにちがいない。世界中の人間がここに集まってくるんだから〉――ねえ、ダーヤ、お前の望みどおり、ぼくが白状したと考えてもらっていいよ。ぼくはレヒヤが好きなんだ。レヒヤなしで生きるなんて考えられない。それに……

ダーヤ　本当ですか？　本当ですか？――だったら騎士様、あたくしに誓ってください。レヒヤをご自分のものにする、と。レヒヤを救う、と。この世では命あるかぎり、あの世では永遠に、救う、と。

テンプル騎士　でも、どうやったら？――どうやったら救える？――ぼくにはできないことなのに、ぼくが誓えるのかな？

ダーヤ　はい、大丈夫です。たったひと言、あたくしが言えば、騎士様はできるのです。

テンプル騎士　レヒヤのお父さんにも反対されずに？

ダーヤ　ええ、お父上なんぞ！　お父上なんぞ！　お父上には、どんなことがあっても賛成していただきます。

テンプル騎士　どんなことがあっても？――ナータンはまだ強盗にも襲われていないんだよ。――どんなことがあっても、なんて言えないよ。

ダーヤ　いえ、どんなことがあっても旦那様は賛成したいと思われます。結局、どんなことがあっても喜んで賛成したいと思われます。

テンプル騎士　どんなことがあっても、しかも喜んで！——でもさ、ダーヤ、レヒャのことなら、ぼく自身すでにナータンの気持ちを探ろうとしたんだ、って言ったら？

ダーヤ　えっ？　で、旦那様は乗り気じゃなかった？

テンプル騎士　ナータンは不機嫌になってさ、ぼくが——傷ついた。

ダーヤ　えっ、本当ですか？——どうしてかしら？　レヒャ様に対する気持ちをほのめかしただけでしょ。なのに旦那様は小躍りして喜ぶこともなく？　凍りついたように後ずさり？　そして面倒なことをおっしゃった？

テンプル騎士　まあ、そんなところ。

ダーヤ　だったらあたくし、一刻もぐずぐずしてられないわ。——（間《ま》）

テンプル騎士　でも、ぐずぐずしてるよね？

ダーヤ　旦那様は、いつもはとても良い方よ！——あたくし自身、旦那様には大変なご恩もある！——でも、あたくしの言うことには耳を貸してくださらない！——

こちらの言い分を無理やりお聞かせするのは、さすがに胸が痛むわ。

テンプル騎士　お願いだ、ダーヤ、白黒つかない今の状態から、さっさと抜け出させてくれないか。でもお前自身、はっきりしてないのなら、つまりさ、お前の目論見《もくろみ》が、いいことなのか悪いことなのか、恥ずかしいことなのか立派なことなのか、言えないのなら、――黙っていて！――お前に黙ってなきゃならない秘密があることは、忘れることにするから。

ダーヤ　そんなふうに言われると、しゃべりたくなっちゃうわ。じゃ、いいですか、レヒャ様はユダヤ人じゃない。――キリスト教徒なんです。

テンプル騎士　（冷たく）そう？　それは、おめでとう！　黙っているのは大変だった？　陣痛なんて怖がるな！――さあ、せっせと天国の住人を増やしつづけるがいい。地上の住人をもう増やすことができないなら！

ダーヤ　騎士様、どうして？　秘密を教えてあげたのに、あたくしをからかうんですか？　レヒャ様がキリスト教徒だと聞いても、うれしくないんですか？　あなた自身、キリスト教徒で、テンプル騎士で、レヒャ様のことが好きなのに。

テンプル騎士　何と言ってもレヒャは、ダーヤ手作りのキリスト教徒だからね。

ダーヤ　《571》あら！　そんなふうに思われた？　まあ、仕方ないわ！——でも、そうじゃないの！　レヒャ様を改宗させるべきだなんて考える人がいるなら、お目にかかりたいわ！　幸運にもレヒャ様は、とっくの昔からキリスト教徒なのに、堕落してキリスト教徒じゃなくなっているのです。

テンプル騎士　どういう意味なんだ？　説明してくれないなら、——帰って！

ダーヤ　レヒャ様はね、ご両親がキリスト教徒で、キリスト教徒のお子さんです。洗礼も受けています……

テンプル騎士　（もどかしそうに）じゃ、ナータンは？

ダーヤ　実のお父様じゃありません！

テンプル騎士　ナータンはレヒャの父親じゃない？——自分で何を言っているのか、分かってる？

ダーヤ　ええ。それが本当だからこそ、あたくし、何度も血の涙を流したのです。——そうなんです、ナータン様はレヒャ様のお父様じゃありません。……

テンプル騎士　そしてレヒャを、自分の娘として育てただけ？　キリスト教徒の子どもをユダヤ教徒として育てたわけ？

ダーヤ　その通りです。

テンプル騎士　レヒャは自分の生まれを知らないわけ？――ナータンからは一度も聞かされてない？　自分がキリスト教徒の子どもで、ユダヤ教徒じゃない、とは。

ダーヤ　一度も！

テンプル騎士　子どものときに、お前はユダヤ教徒だと言われて養育されただけじゃなく、娘になってもそう思い込まされていたわけ？

ダーヤ　はい、残念ながら！

テンプル騎士　ナータンが――どうして？――あの善良で賢明なナータンが、自然の声をそんなふうに偽造したのか？――心から流れ出たものは、自然に任せておけば、まったく別の道をとっただろうに、流れをそんなふうにねじ曲げたのか。――ダーヤは、たしかに秘密を打ち明けてくれた。――《572》重大な秘密をね。――その結果どうなるのか、――ぼく、混乱しちゃって、――どうしたらいいのか、すぐには分からない。――だから時間がほしい。――だから帰って！――ナータンなら、またここを通るだろう。ぼくたちと顔を合わすかもしれない。さ、行って！

ダーヤ　あたくし、怖くて死にそう！

テンプル騎士　ぼくも今は、ナータンと話なんかできる状態じゃない。ダーヤがナータンに出くわすようなことがあれば、ひと言だけ伝えてくれ。「最高権力者《スルタン》のところで落ち合いましょう」と。

ダーヤ　でも今の話は、どうか旦那様には気づかれないようにしてください。――気づかれないようにしておくことが、最後の駄目押しになりますからね。レヒャ様のことでモヤモヤしている、あなたの気持ちがすっかり晴れますからね！――レヒャ様をヨーロッパへ連れていらっしゃるときは、あたくしのこと、置き去りにしたりしないでしょうね？

テンプル騎士　それは大丈夫だろう。さ、行って、行って！

第4幕

第1場

舞台は、修道院の中庭の回廊。

修道僧。すぐそのあとからテンプル騎士。

修道僧　あーあ！　たしかに総大司教の言うとおりだ！　総大司教に頼まれた用事のうち、うまくいったのは数えるばかり。――しかしどうしてこんな用事ばっかり頼まれるのかな？――俺はお上品なのが好きじゃない。説得するのも好きじゃない。何にでも鼻を突っ込むのも好きじゃない。――だから世俗を捨てて坊主になったのに、《573》あいかわらずこの俺は、ほかの連中のためにますます俗世とかかずらわされているのか？

テンプル騎士　（急いで修道僧に近づきながら）こんにちは！　ここにいたのか。ずいぶん長いあいだ探したんだよ。

修道僧　この俺を？

テンプル騎士　ぼくのこと、もう忘れちゃった？

修道僧　いや、いや！　ただね、もう一生お目にかかることなんてないだろう、と思ってただけさ。そう神様にお願いしてたからな。――神様はさ、ご存知なんだ。俺があなたに対してするように頼まれたことが、どんなに俺にとって辛かったか。神様はさ、ご存知なんだ。あなたが俺の申し出を聞き届けてくれるのを、俺が望んでたかどうか。神様はさ、ご存知なんだ。俺がどんなに喜んだか、心の底の底から喜んだか。だって、あなたはさ、騎士にふさわしくないことを、思い悩むことなどなく、きっぱり断ったでしょう。――けれども今、こうやってお出《い》でになった。やっぱり、あとを引いていたわけだ！

テンプル騎士　なぜぼくがやって来たのか、もう分かってるわけ？　本人のぼくが、ほとんど分かってないのに。

修道僧　あなたはさ、じっくり考えてみたんだ。で、総大司教の言ったことは、それほど間違っちゃいないと気がついた。総大司教の計画に乗れば、金《かね》と名誉が手に入るぞ、と。敵ってのは、たとえ7回も天使になってくれたとしても、やっぱり敵なんだ、と。それを、それを具体的に検討して、やって来た。やっぱり引き受けようというわけか。——おお、これはこれは！

テンプル騎士　律儀な人だな！　だが安心してもらいたい。そのためにやって来たんじゃない。そのために総大司教と話をしようとは思っていない。あの件についでは、あいかわらず以前と考えは変わっちゃいない。《574》あなたのように正直で律儀な人に認めてもらったんだから、どんなことがあろうとその評価を捨てる気はない。——ただね、総大司教に相談したいことがあるから、やって来ただけなんだ……

修道僧　あなたが、総大司教に？　騎士が、——坊主に？（おずおずとあたりを見回す）

テンプル騎士　そうだよ。——坊主にずいぶん深い関係のある問題でね。

修道僧　だとしても、坊主は騎士に相談なんかしないよ。たとえ騎士に関係のある問題でも。
テンプル騎士　それは坊主に、違反をしても許されるっていう特権があるからだ。ぼくら騎士は、そんな特権、あんまりうらやましいとは思わないけれど。——もちろん、ぼくがぼくのためにだけ動けばいい話ならさ、もちろん、責任はぼくがひとりで負えばすむ話ならさ、総大司教に相談する必要なんかない。だが話によっては、ただ自分の意思に従って成功するよりは、むしろ他人の意思に従って失敗するほうがましなことがある。——おまけにね、今となってはよく分かるのだが、宗教も党派の問題なんだ。だから宗教について、自分がどんなに不偏不党だと思っていても、自分が味方してるのは自分の宗教でしかない。実際そういうわけだから、それでいいんだろうけれど。
修道僧　そういう問題なら、俺は黙っている。あなたの言っていることが、よく分からないのでね。
テンプル騎士　そんなはずはない！——〈待てよ、いったいぼくは何をほしがってるんだ！　権威のある言葉なのか、それとも忠告なのか？——心のこもった忠告なのか、それとも学のある忠告なのか？〉——いや、ありがとう。修道僧のすばらしいヒントに感謝する。――総大司教など、どうしたというのだ？――修道僧こそ、ぼくの総大司教になってくれ！　ぼくは、キリスト教徒としての総大司教というよりは、総大司教としてのキリスト教徒に相談したいんだ。――で、その問題は……

修道僧　いや、それ以上はもう、どうぞやめてください！　そんなことして何になります？――俺のこと、買い被ってるんですよ。――たくさん知れば、心配も増える。だが俺が心を配ってきたのは、ひとつのことだけ。――おお、いいぞ！　聞こえるかな？　見えるかな？　ほら、うまい具合に、ご本人のお出ましだ。ここに立っていればいい。もう総大司教はあなたに気づかれたぞ。

第2場

総大司教が満艦飾の僧衣で回廊に登場。修道僧とテンプル騎士はそのまま。

テンプル騎士 できることなら会いたくなかった。——ぼくとは波長が合わなさそうだ！——デブで、赤ら顔で、愛想のよさそうな大僧正じゃないか！ それに、何だ、あの満艦飾の僧衣は！

修道僧 でも見物《みもの》は、宮廷に出向かれるときの装いなんだ。今は、病人の見舞いから戻ってこられたばかりで。

テンプル騎士 あのセンスじゃ、サラディンのほうが恥ずかしくなっちゃうよね！

総大司教 （近づきながら、修道僧に目配せする）これへ！——あれはテンプル騎士だな。何の用だ？

修道僧 知りません。

総大司教 （テンプル騎士に近づいているあいだに、修道僧と従者たちが退場）おお、これはテンプル騎士だな。——立派な若者に会えて、喜ばしいかぎりだ！——おお、まだじつにお若い！——これから、神のご加護により、ひとかどの人におなりだろう。

テンプル騎士 いえ、総大司教さま、今以上の者にはなれそうにありません。それどころか、もっとつまらぬ者になりそうで。

総大司教《576》少なくともわたしは、こんなに敬虔な騎士が、キリスト教界のため、神の栄誉と利得のために、末長く元気でいてもらいたいと願ってますよ！　実際そうなることでしょう。もしも、勇敢な若者が経験豊かな老人の忠告にきちんと耳を貸してくれさえすれば！——さて、どういう用件かな？

テンプル騎士　まさにその若輩者のぼくに欠けているもの、つまり、忠告をいただきたいんです。

総大司教　もちろん喜んで！——ただし、忠告には従ってもらわねば。

テンプル騎士　でも、盲従せよ、というわけじゃないですよね？

総大司教　誰がそんなことを言う？——いいかな、もちろん誰しも、神から与えられた理性を使うことをやめる必要はない。——理性の及ぶ範囲ではね。——しかし理性は、あらゆる場所に及ぶものだろうか？——ああ、そんなことはない！——たとえばそれは、神がわれわれに、天使のひとりを通じて——神の言葉の僕《しもべ》を通じて、と言ってもいいが——、キリスト教界全体の安寧と教会の無事を、なにか特別なやり方で促進し堅固にすべき手段をだよ、ありがたくも教えてくださろうという場合だ。そういう場合には誰も、理性を創造された方の気ままな御心《みこころ》を、理性に照らして調べようなどとしてはならんのです。天の栄光の永遠の掟を、むなしい名誉心のちっぽけな規則に照らしてテストしようなどとしてはならんのです。——ま、この話はこれくらいで十分だ。——テンプル騎士は今、助言を求めてやって来たようだが、いったいどういう問題なのかな？

テンプル騎士　こういう問題なのです、総大司教さま。あるユダヤ人に子どもがひとりだけいる、と仮定してください。——女の子としておきましょう。——その子は、すばらしい人になるよう最大の注意を払って養育されました。《577》その娘をユダヤ人は自分の魂よりも大事に愛し、娘のほうも父親をじつに誠実な心で愛しています。ところがぼくらテンプル騎士団のひとりに密告がもたらされたのです。その女の子は、ユダヤ人の娘ではない。子どものとき父親に拾われたか、買われたか、さらわれたか——ま、そんなところで。分かっていることはですね、娘はキリスト教徒の子どもで、洗礼も受けているのに、ユダヤ人のほうがその子をユダヤ教徒として教育し、その子はユダヤ人で自分の娘だとして手放そうとしない、という密告なんです。——総大司教さま、教えてください。この場合、どのようにしたらよいものなのか？

総大司教　恐ろしい話だ！――だがまず最初に説明が必要だ。その話は事実なのか、それとも仮定の話なのか。それを聞かせてもらわんとね。たんなる、あなたの作り話なのか、それとも実際に起きたことで、今もそのままなのか。

テンプル騎士　総大司教さまのお考えを聞かせていただくだけなら、どちらでも同じかと思いますが。

総大司教　同じだと？――人間が自負している理性も、宗教のことになると間違うことがある。それを忘れず心得ておけ。――断じて同じなどではない！　今の話が頭でひねり出した冗談にすぎないなら、そんなもの、わざわざまじめに考えるほどのこともない。芝居にかければよいだけの話。賛否はともかく、拍手喝采で迎えられるだろう。――だがね、芝居がかった罠でわたしをからかっているだけでないなら、つまり、その話が事実であって、しかも、わが司教区、わがエルサレムで起きたことであるなら、――もちろんその場合は――

テンプル騎士　《578》その場合は、どうなるのです？

総大司教　そのユダヤ人には、そのような瀆神、そのような悪癖に対して教会法およびローマ法が定める刑罰が、即刻執行されることになるだろうな。

テンプル騎士　そうなんですか？

総大司教　しかも、その両法の定めるところによれば、キリスト教徒を誘惑して背教させたユダヤ人が処せられるのは、——薪《まき》の山——つまり、火あぶりの刑——

テンプル騎士　そうなんですか？

総大司教　おまけに、かわいそうなキリスト教徒の子どもを、無理やり洗礼の絆《きずな》から引き離したユダヤ人となれば、なおさらだ！　というのも、子どもに加えられる仕打ちは、どんなことでも暴力ではないか？——もっとも——教会が子どもに加える仕打ちは、別だが。

テンプル騎士　ところで子どもが、ユダヤ人に拾われていなかったら、みじめに死んでしまっていたかもしれません。そう考えると、どうなりますか？

総大司教　関係ない！　ユダヤ人は焚刑《ふんけい》だ！——というのも、その子がそうやって救われて、永遠に堕落するよりも、このエルサレムでみじめに死んでしまうほうが、ましだからだ。——おまけにそのユダヤ人は、なぜ神の先回りをする必要があるのか？　神は、救う気になれば、そんなユダヤ人がいなくても救えるのだ。

テンプル騎士　ぼくは思うのですが、そのユダヤ人がいても、——神なら、その誰かを天国の幸せにあずからせることができる、と。

総大司教　関係ない！　ユダヤ人は焚刑《ふんけい》だ！

テンプル騎士　心が痛みます！　とくにあの噂を思い出すと、ますます。父親はですね、娘を育てるとき、自分の信仰を押しつけなかった。それどころか、いかなる信仰も押しつけなかったそうです。そしてですよ、神について教えるときには、理性が満足しすぎることもなく、不満に思うこともないように、と配慮したそうなんですから。

総大司教《579》関係ない！　ユダヤ人は焚刑《ふんけい》だ！……いや、今聞いた話だけでも3度の焚刑《ふんけい》に値するぞ！——どういうことだ？　いかなる信仰も教えず子どもを育てるとは？——どうなっているんだ？　信仰という大いなる義務を、子どもにまったく教えないとは？　ひどすぎるぞ！——不審でたまらないのは、騎士のあなたが……

テンプル騎士　総大司教さま、あとは、神の思し召しがあるときに、懺悔の席で。

（立ち去ろうとする）

総大司教　どうした？——話の途中で帰るのか？——その罪人の、そのユダヤ人の名前も言わずに？——その男を引き立ててくることもせずに？——おお、ならば、わたしにも考えがある！　これからすぐ最高権力者《スルタン》のところへ行く。停戦協定のとき、サラディンが約束したように、サラディンには、われわれを、そう、われわれを保護する義務がある〔史実としては確認されていないので、レッシングの創作か〕。どんな場合も、いとも神聖なわが宗教に属するものだと考えられる、すべての権利、すべての教えに関して、われわれを保護する義務があるのだ！　幸い！　その条文の原本が手もとにある。サラディンの署名と、サラディンの捺印もある。われわれの手もとにな！——それに、わたしがサラディンの理解を得ることも、じつに容易《たやす》いことでね。何も信じないということが、国にとってどれほど危険なことか！　人間が何も信じなくてよいなら、市民の絆《きずな》はすべて解かれ、ボロボロになる。——やめろ！　そのような傲慢な瀆神は、やめろ！

テンプル騎士　残念ながら、もっと時間があれば、すばらしいお説教をじっくり味わわせていただけるのですが！　ぼく、サラディンに呼ばれてるんです。

総大司教　えっ？——そうなのか——なら、もちろん——では——

テンプル騎士　よろしければ、総大司教さまのご来訪を最高権力者《スルタン》に伝えておきましょうか。

総大司教　そうだ、そうだ！——あなたはサラディンに恩赦された騎士だったな！——サラディンにはよろしくとだけ伝えてもらいたい。——わたしはひたすら神への熱意で動く身。行き過ぎがあったとしても、それは神のためにやったこと。——どうかそこは汲んでもらいたい！——ところで、さっき触れたユダヤ人の話は、仮定の問題にすぎなかったわけだね？——つまり——

テンプル騎士　仮定の問題です。（立ち去る）

総大司教〈この問題、もっと深く掘る必要があるな。その仕事も修道僧ボナフィデスに頼むとするか〉——そこの修道僧、こちらへ！（その修道僧と話をしながら退場）

第3場

舞台は、サラディンの宮殿の一室。奴隷たちが大量の袋を運んできて、床に並べている。

サラディン。すぐそのあとからシター。

サラディン　（その一室へやって来て）いやはや！　まだ終わらないのか？――まだたくさん残っているのか？

奴隷　あと半分といったところでしょうか。

サラディン　じゃ、その残りはシターのところへ。――ところで、アル＝ハーフィはどこだ？　ここにある分はすぐアル＝ハーフィに引き取らせるのだ。――いや、むしろ父上のところに送るか？　ここに金《かね》の袋を置いておくと、わしの指のあいだからこぼれ落ちるだけだ。――しかし結局は心を鬼にすることになるのだろう。きっとこれからは工夫しないと、わしに大金をせびることなんかできないぞ。ともかくエジプトから金《かね》が届くまでは、貧しい者には指をくわえて待ってもらおう！――順調なら、《581》［停戦協定により巡礼者は聖墓に献金する必要があったので］墓に献金があるんだ！　キリスト教の巡礼が手ぶらでやって来たら、ただで帰すわけにはいかんぞ！　ただ――

シター　あれ、どういうことなの？　どうして、わたしのところにお金が運ばれてくるの？

サラディン　あそこから、わしが借りてる分を取ってくれ。余りがあれば、蓄えておけばいい。

シター　ナータンはまだテンプル騎士を連れてきてないの？

サラディン　あちこち探しているのだろう。

シター　ほら、こんなの見つけたわ。わたしの古い装身具をかき回してたら。（サラディンに小さな肖像画を見せる）

サラディン　おお！　弟だ！　弟じゃないか、弟だ！——死んだ弟だ！　死んだ弟だ！　ああ！——健気な若者だったのに、あんなに早く逝ってしまうなんて！　お前と一緒でありさえしたら、お前が横にいてくれさえしたら、いろんなことができたのに！——シター、この肖像画くれないか。たしかに見覚えがある。弟がお前の姉のリラに渡したものだ。リラはな、ある朝、弟を抱いて絶対に離そうとはしなかった。あれは、弟が馬で出かけた最後の朝だった。——ああ、わしは弟が馬に乗るのを止めなかった。しかも、ひとりで行かせてしまった！——リラは、悲しみのあまり死んでしまった。けっしてわしを許さなかった。弟をひとりで馬で行かせてしまったのだから。――行ったまま帰ってこないのだ！

シター　かわいそうに！

サラディン　この話はもうよそう！――誰もがみんな、いつかは行ったまま帰ってこなくなるんだから！――おまけに――そうだろう？　死だけが、ああいう若者の目標を狂わせるわけじゃない。敵はほかにもいろいろある。一番強い者があっさり一番弱い者に負けることも、よくある。――まあ、弟のことはそっとしておこう！――わしは、この肖像画と若いテンプル騎士をどうしても見比べねば。《582》わしの思い違いかどうか、どうしても確かめねば。

シター　もちろんそのために持ってきたのよ。でも、返して、返してちょうだい！似てるかどうか、あとで言ってあげるから。そういうことは女の目で見るのが一番。

サラディン　（入ってきた門番に向かって）来たのは誰だ？――テンプル騎士か？――おお、来たぞ！

シター　お兄様の邪魔になるといけないし、わたしがじろじろ見て、テンプル騎士を

困らせてもいけないから。(と言って、脇のソファーにすわり、とばり《ベール》を降ろす)
サラディン　よし、それでいい！　それで！――〈さて、これから声が聞けるぞ！　どんな声なのか！――アサドの声も、わしの心のなかで消えずに眠っているはずだ！〉

第4場

テンプル騎士とサラディン。

テンプル騎士　ぼくは、最高権力者《スルタン》の捕虜で……
サラディン　わしの捕虜？　わしはな、命を恵んでやるときは、自由も恵んでやることにしているのだが？
テンプル騎士　最高権力者《スルタン》の思し召しを、まず聞かせていただくことが筋であり、勝手に見当をつけることは筋違いというものですが、最高権力者《スルタン》、――最高権力者《スルタン》に感謝すること、命を助けてもらったことを特別に感謝することは、ぼくの身分にも、ぼくの性分にも合いません。──が、ぼくの命は、どんな場合でも最高権力者《スルタン》に捧げられています。

サラディン　その命、わしに刃向かうことさえしなければ、好きに使うがいい！──その両腕ぐらいなら、喜んで敵にくれてやろう。だがな、その心までくれてやるのは、気が重い。《583》──わしは何ひとつ勘違いはしていなかった。お前は、しっかりした若者だ！　身も心も、わしの弟アサドそっくりだ。だから、ほら！お前は、いったいこれまでどこに隠れていたのだ？　どの洞窟で寝ていたのだ？どの妖精の国で、どの妖精が親切にお前の若さをこんなに新鮮に保ってくれたのだ？と、質問してしまいそうだ。アサドそっくりのお前を見ていると、ほら！あちこちで一緒にやったことを、お前に思い出させようとしてしまいそうだ。お前が秘密をひとつ隠していたことで、わしはお前と喧嘩ができそうなほどだ！恋愛をひとつ秘密にして隠していたな。──だがそんなことができそうだと思うのも、わしが今のお前だけを見ているからであって、今のわしを見ていないからだ。──まあ、いいだろう！　こんな甘い夢にもあいかわらず真実がある。わしの人生の秋に、こうやって青春のアサドが花開いてくれているのだから。――テンプル騎士も、これで満足かな？

テンプル騎士　最高権力者《スルタン》から与えられるものは、――どんなものであれ――すべて、ぼくが心のなかで願っていたものです。

サラディン　では早速、試してみよう。――お前は、これからずっとわしのところにいてくれるか？　わしのそばに？――キリスト教徒としてであっても、イスラム教徒としてであっても、どちらでも構わん！　テンプル騎士の白いマントでも、アラビア人の白い服《カンドゥーラ》でも。ターバンを巻いていても、お前のフェルト帽をかぶっていても。好きにするがいい！　どちらでも構わん！　わしはな、すべての木に同じ樹皮が生えることなどと望んだことはない。

テンプル騎士　そうでなければ最高権力者《スルタン》も、今の最高権力者《スルタン》ではなかったでしょうね。神のよき庭師たる英雄ではなかったでしょうね。

サラディン　そんなふうにわしのことを悪く思っていないなら、わしらはすでに半分は折り合ったようなものだな？

テンプル騎士　半分ではなく、全部！

サラディン　（テンプル騎士に手を差し伸べながら）その言葉に？
テンプル騎士《584》（サラディンの手を握りしめながら）偽りなし！　この握手によって最高権力者《スルタン》は、ぼくから奪うことのできたものより多くのものを受け取るのだ！　すべて最高権力者《スルタン》のもの！
サラディン　１日の収穫にしては多すぎる！　多すぎる！――いっしょに来なかったのか？
テンプル騎士　誰が？
サラディン　ナータンがだ。
テンプル騎士　（凍りついて）いえ。ひとりで来ました。
サラディン　それにしてもすばらしい働きだった！　それにしても幸運の女神は賢明だった！　お前の働きがナータンのような人物に最高の結果をもたらしたわけだから。
テンプル騎士　そ、そうですか？
サラディン　ずいぶん冷淡だな？――だがな、若者よ！　神がわれわれを通じて何かよいことをするときは、そんなに冷淡になる必要はない！――たとえ謙虚だとしても、冷淡なふりをするものではない！

テンプル騎士　でも世の中には、どんな物事にも、実にいろんな面があるわけです！——それらがどんな具合にはまり合うのか、しばしば見当もつかないわけで！

サラディン　いつも一番いい面だけを見て、神を讃えればよい！　はまり合う具合は、神のみぞ知る。——だがな、そんなに気むずかしく考えたいのなら、わしも、お前とつき合うときには用心が必要になるではないか？　残念ながら、わしも多くの面をもった人間。しばしば、あまりうまくはまり合ってないように思われることがある。

テンプル騎士　それは悲しい！——これまでほとんど邪推したことがない、というのがぼくの欠点なので。——

サラディン　では、言うがよい。誰を邪推しているのだ？——いや、まさかナータンを、というのか。どうだ？《585》ナータンを邪推しているのか？　お前が？——説明してもらおうか！　さ、話せ！　さあ、わしを信頼しているなら、その最初の証拠を見せるのだ。

テンプル騎士　ナータンには何の恨みもありません。ぼくはただ自分に腹を立ててるだけなんです。——

サラディン　どういうことだ？

テンプル騎士　夢を見たのです。ユダヤ人であっても、自分がユダヤ人だということを忘れることがあるんじゃないか。そんな夢を見たから腹立たしいのです。しかもそれ、白昼夢なんだから。

サラディン　その白昼夢を話してしまえばよい！

テンプル騎士　最高権力者《スルタン》は、ナータンの娘をご存知ですね。ぼくがその娘のためにしたことは、——ぼくがその場に居合わせたから——やっただけのこと。感謝の種を蒔いてもいないのに、感謝を収穫するなんて、ぼくの誇りが許さない。だからぼくは、その娘に会ってやってほしいという願いを、毎日のように断っていたんです。娘の父親は、旅に出ていた。戻ってきた。事情を聞いた。ぼくを探し出した。ぼくに感謝した。ぼくに、自分の娘を気に入ってほしいと願った。将来の見通しを話した。明るい未来を話した。——で、ぼくは説得され、ナータンの家に行き、その娘に会い、本当にすばらしい娘だと思ったのです。——ああ、ぼくは恥ずかしくてたまらない、最高権力者《スルタン》！――

サラディン　恥ずかしい？――ユダヤ人の娘をすばらしいと思ったことが？　まさか、そうではあるまい？

テンプル騎士　父親のうまい口車に乗って、そそっかしいぼくは、その娘をすばらしいと思ってしまった。自分のその気持ちに抵抗することもなく。それが恥ずかしいんです！――ぼくは間抜けだ！　火の中に２回も飛び込んだんだ。――ぼくが、結婚を申し込んで、ぼ、ぼくが断られたんだから。

サラディン　断られた？

テンプル騎士　賢い父親だから、あからさまに拒絶したりはしないんです。賢い父親だから、ともかくまず調べてみる必要がある、まずよく考えてみる必要がある、と言うんです。当然です！　ぼくだってそうしましたよ。彼女が火の中で叫んでいたとき、ぼくも、ともかく調べて、よく考えました。――もちろんですよね！　たしかに！　そんなふうに賢く、慎重であることは、じつにすばらしいことですから！

サラディン　《586》まあ、まあ！　老人なんだから、大目に見てやらねば！　ナータンは、いつまで拒絶できるのだろう？　お前のほうがまずユダヤ教徒になれ、とでも要求してくるのかな？
テンプル騎士　誰にも分かりません！
サラディン　誰にも分からない？――あのナータンをもっとよく知っている者なら、分かるぞ。
テンプル騎士　われわれは迷信のなかで育ってきたので、迷信を迷信だと分かったとしても、迷信がわれわれに対して力を失うことはないんです。――迷信の鎖を軽蔑したからといって、誰もが自由になるわけじゃない。
サラディン　しっかりした大人の台詞だ！　だが本当にナータンなら、ナータンなら……
テンプル騎士　迷信のなかで一番タチが悪いのは、自分の迷信がほかの迷信よりましだと思っている迷信です……
サラディン　そうかもしれん！　だがナータンなら……
テンプル騎士　愚かな人類がもっと明るい真理の昼の光に慣れるまで、ナータンひとりに愚かな人類をゆだねておく。しかしナータンだけは、……

サラディン　よい！　だがナータンなら！――ナータンの運命は、そんなに弱いものではない。

テンプル騎士　ぼくもそう思っていたんです！……でもですね、人間のお手本のようなナータンが、ごく普通のユダヤ人であって、キリスト教徒の子どもをユダヤ人として育てるために、自分の子どもにしようとしていたら、――どうでしょうか？

サラディン　ナータンがそういう男だと、誰が言っているのだ？

テンプル騎士　ナータンの娘がです。ナータンは自分の娘を餌にぼくを釣ろうとしてるんです。彼女と結婚できそうだと思わせて、ぼくに借りを返そうとしているようなんです。彼女を助けたぼくを手ぶらで帰すのは、まずいと思って。――ところが彼女は、ナータンの娘――じゃない。実の子じゃなく、キリスト教徒の子なんです。

サラディン　そういう子なのにナータンはお前にくれようとしないのか？

テンプル騎士　《587》（かっとなって）くれようとくれまいと、そんな問題じゃないんです！　化けの皮が剝がれた。寛容を説いている男の化けの皮が剝がれた！　ユダヤの狼が、哲学者の顔をして、羊の皮をかぶっている。そんな狼なんか、犬をけしかけてズタズタにしてやる！［新約聖書『マタイによる福音書』７・15「偽の預言者には用心することだ。連中は羊の皮をかぶってやって来るが、内側は人を食い殺す狼だから」］

サラディン　（まじめな顔で）キリスト教徒よ、落ち着け！

テンプル騎士　え？　キリスト教徒に、落ち着けと？――ユダヤ教徒がユダヤ教徒でありつづけ、イスラム教徒がイスラム教徒でありつづけている。なのにキリスト教徒だけは、キリスト教徒らしくしてはいけないと？

サラディン　（もっとまじめな顔で）キリスト教徒よ、落ち着け！

テンプル騎士　（冷静になって）そのお言葉にサラディン様が込められた――叱責の重み、しかと感じます！　ああ、もしもアサド様なら――アサド様がぼくの立場なら、どうされただろう！

サラディン　そんなに違いはないだろう！――お前と同じように荒れ狂ったことだろう！――しかし、誰に教わったのだ？　たったのひと言でわしを籠絡《ろうらく》する術《すべ》は、アサドそっくりだ。すべてがお前の言う通りなら、わし自身、ナータンにどう接したものか、よく分からん。――だがな、ナータンはわしの友人だ。わしの友人同士で言い争う必要はない。――わしの指示に従うのだ！　慎重にな！　お前のところの狂信的な賤民どもに、ナータンのことは漏らしてはならん！　お前のところの坊主どもは、ナータンに復讐せよと、わしに要求してくるだろうが、それをわしの耳には入れるな！　ユダヤ教徒にも、イスラム教徒にも敵対することなく、キリスト教徒であれ！

テンプル騎士　もう少しで手遅れになるところでした！　総大司教が血に飢えていたせいで、恐ろしいことに、ぼくは総大司教の手先になるところでした！

サラディン　何だと？　わしのところに来る前に、総大司教のところへ行ったのか？

テンプル騎士《588》激情に駆られ、どうしてよいか見当がつかなかったので！――許してください！――もうこれからは、ぼくのなかには一切、アサド様の面影を認めてはもらえなくなるんですね。

サラディン　そんなふうに心配するところが、アサドそっくりだ！　これでもわしは、どんな欠点からわしらの美徳が芽生えるのか、心得ているつもりだ。これからは美徳だけを育てるがいい。お前に欠点があっても、わしはほとんど気にしない。――さあ、行くがいい！　ナータンを探すのだ。ナータンもお前を探している。そしてナータンを連れてこい。お前たちふたりを和解させる必要があるからな。――ナータンの娘のことを真剣に考えているなら、安心するがいい。その娘はお前のものだ。ナータンにはしっかり思い知らせてやろう。キリスト教徒の子どもを育てるには、豚肉なしでもよいと！――さ、行け！

テンプル騎士が立ち去り、シターがソファーから立ち上がる。

第5場

サラディンとシター。

シター　本当に不思議だわ！

サラディン　どうだ、シター！　わしのアサドは、健気で美男の若者だったにちがいないだろ？

シター　本当にそうだったわ。だからこの肖像画のモデルも、アサドというよりはテンプル騎士だったみたい！――でもお兄様、どうして彼の両親のこと聞くのを忘れちゃったりしたの？

サラディン　そうだった。とくに母親のことをな？　テンプル騎士の母親がここエルサレムに住んでいたことはないのか？――そんなことはないのか、とだな？

シター　そうよ、その通り！

サラディン　おお、大いにありそうな話だ！　アサドは、キリスト教徒の綺麗どころにとても人気があったし、《589》アサドのほうも、キリスト教徒の綺麗どころに夢中だったから、噂になったことさえある。――そう、そう、眉をひそめて噂されてた。――その話はよそう。アサドが戻ってきたのだから！――アサドには欠点もあるし、心優しく浮気性だったが、そのまま迎えてやるつもりだ！――おお！　ナータンは娘をくれてやるしかない。そうは思わんか？

シター　くれてやる？　任せるのよ、テンプル騎士に！

サラディン　たしかに！　娘の父親でなくなったとたん、ナータンにはその娘に対してどんな権利もないはずだ！　ああやって命を守ってやった者だけが、あの娘に命をあたえた者の権利を受け継ぐのだ。

シター　じゃ、サラディン？　サラディンが今すぐその娘を引き取れば？　不当な所有者からすぐ引き離してしまえば？

サラディン　そんな必要があるだろうか？

シター　たしかにそんな必要はないわ！──ただの好奇心から、ちょっと進言しちゃっただけ。男の人にもよるけれど、どんなタイプの娘なら愛することができるのか、なぜか急に知りたくなったのでね。

サラディン　じゃあ、使いをやって、その娘を連れてこさせればいい。

シター　いいの、お兄様？

サラディン　ただし、ナータンを傷つけないようにな！　無理やり娘から引き離されたなどと、絶対に思われないように。

シター　大丈夫。

サラディン　では、わしは、アル＝ハーフィがどこにいるのか、自分で探さないと。

《590》第6場

舞台は、第1幕第1場と同様、ナータン家の玄関で、ナツメヤシの木陰に向かって開いている。第1幕第1場で話題になった品物や貴重品の一部が、荷ほどきされて並んでいる。
ナータンとダーヤ。

ダーヤ　あら、どれもすばらしいものばかり！　どれも選《え》りすぐりのものばかり！　あら、どれも、――旦那様にしかできない贈り物ばかり。この、金《きん》を這《は》わせた銀糸織、どこで作られるものかしら？　いくらかしら？――これなら花嫁衣装になるわ！　女王様でもこれ以上のものは望めない。
ナータン　花嫁衣装？　どうしてまた花嫁衣装なんだ？
ダーヤ　そうですよね！　これをお買いになったときは、そんなこと夢にも思われなかったでしょう。――でも本当に、ナータン様、そうとしか考えられません！

注文した花嫁衣装みたいだわ。白地は、純潔の象徴。そして白地を這いまわっている金糸の条《すじ》は、富の象徴。ほらね？　とってもすてき！

ナータン　何の冗談、言ってるのかね？　誰の花嫁衣装のことで象徴などと言って、学をひけらかしてるのかね？——ダーヤが花嫁なのかい？

ダーヤ　あたくしが？

ナータン　じゃ、ほかに誰が？

ダーヤ　あたくしが？——とんでもない！

ナータン　ほかに誰が？　いったい誰の花嫁衣装のことなんだね？——これはどれもお前のもので、ほかの誰のものでもない。

ダーヤ　あたくしのもの？　あたくしに下さるのですか？——レヒャ様のものじゃないんですか？

ナータン　レヒャのために持って帰ったものは、別の荷だ。さあ！　みんな持っていくがいい！　お前の七つ道具なんだから、さあ！

ダーヤ　あたくしを誘惑してるんですね！　《591》いいえ、たとえこれが世界中から集めてきた貴重品だとしても！　天があたえてくれた、二度とないこの機会を、旦那様が使うと先に誓ってくださらないかぎり、あたくし、手を触れません!

ナータン　使う?　何を?——機会?　何の?

ダーヤ　あら、そんなにしらばっくれないでください!——手短に言いましょう!

テンプル騎士がレヒャ様を愛しているんです。レヒャ様を差し上げてください。そうすれば旦那様の罪も、ようやく消えるのです。あたくしだって、もうこれ以上、旦那様の罪を黙っているわけにはまいりませんから。そうすればお嬢様はふたたびキリスト教徒の仲間入りをして、本来のお嬢様になられ、以前のお嬢様に戻られるわけです。そして旦那様、旦那様があたくしたちにしてくださったご親切には、お礼の申し上げようもありません。でもね、そのご親切が、旦那様の頭を悩ます火種にならないですむわけです。

ナータン　やれやれ、あいかわらずいつもの歌か?——弦を1本だけ張り替えているが、そのせいで調子がはずれたり、音が途切れたりしなければいいがね。

ダーヤ　どうしてですか?

ナータン　たしかにね、私もテンプル騎士に不満はない。レヒャをやるなら、世界中の誰よりもあの男がいいと思っている。だが——今はまだ、もうちょっと辛抱してくれ。

ダーヤ　辛抱ですか？　辛抱こそ、旦那様がいつも弾かれる竪琴《リラ》の歌じゃありませんか？

ナータン　ほんの2、3日だけ辛抱してくれ！――ほら、あれは？――誰だ、あそこにやって来たのは？　修道僧かな？　行って、何の用か、たずねてくるんだ。

ダーヤ　何の御用なんでしょうね？（修道僧のところへ行って、たずねる）

ナータン　ほら、お布施あげて！――催促される前にだよ。――〈私が用件を知りたがっていることは、あの修道僧には言わないで、先にテンプル騎士の情報が手に入るといいのだが！　もしも、私が知りたがっている理由を修道僧に言って、私の疑いが根も葉もないものだったら、父親のメンツを危険にさらしたことがまったく無駄になるからな〉――何の御用なんだ？

ダーヤ《592》旦那様にお目にかかりたいそうで。

ナータン　そうか、ではお通しして。そのあいだ、お前は外してくれ。

第7場

ナータンと修道僧。

ナータン　〈しかし何としても、レヒャの父親のままでいたい！——もっとも、たとえ父親だと名乗れなくなっても、父親でいることはできるんじゃないか？——私がレヒャの父親であることをどんなに喜んでいるか、あの娘《こ》がわかってくれるなら、あの娘《こ》には、レヒャだけには、これからもずっと父親だと言えるだろう〉——何を馬鹿なことを！——修道僧さん、どういうご用件で？

修道僧　いや、大したことじゃありません。——ナータンさんはあいかわらずお元気なようで、なによりです。

ナータン　ん、私をご存知なんですか？

修道僧　おやまあ、ナータンさんを知らない人なんていませんよ。多くの人にそっとお金を恵んでこられたじゃありませんか。ですから、わたくしもお名前を知っているわけです。何年も前から。

ナータン　(財布に手をやりながら) さ、修道僧さん、さ、私の名前の記憶を新しくしてください。

修道僧　いや、結構です! お布施を頂けば、貧しい人たちから盗むことになります。頂けません。――もしも差し支えなければ、ナータンさんの記憶の片隅にわたくしの名前をあらためて刻んでいただけないでしょうか。というのもわたくしには自慢できることがあるからなんです。ナータンさんの手にですね、馬鹿にできないものをお渡ししたのです。

ナータン　これは失礼! ――お恥ずかしいかぎりですが――それは何だったんでしょう? ――その埋め合わせに、その値段の7倍を受け取ってください。

修道僧　何よりもまず聞いていただきたいことなのですが、わたくし自身、《593》今日になってはじめて、ナータンさんに預けたその担保のことを思い出したばかりなんで。

ナータン　私に預けた担保?

修道僧　つい最近まで、わたくし、隠者として、エリコから遠くない［イエスが悪魔から誘惑を受けたとされる」誘惑の山に住んでおりました。そこへアラブの盗賊団がやって来て、わたくしの小さな礼拝堂と庵《いおり》を壊し、わたくしを拉致しました。幸い、わたくしは逃げ出し、ここの総大司教のところに転がり込んで、小さな場所を提供してもらえないかと頼んだわけです。わたくしが死ぬまで孤独のうちにわが神に仕えることができる場所を。

ナータン　修道僧さん、私はね、ちょっと急ぎの用があって。どうか手短に。担保の話を！　私に預けたという担保の話を！

修道僧　すぐに話しますよ、ナータンさん。――そこで総大司教は、「イエスが変容したとされる」タボル山にある隠者の庵《いおり》をですね、空きが出しだい、用意しようと約束してくれたのです。そして空きが出るまで、わたくしは助修士として修道院に住むように言われたのです。というわけで今は修道院で暮らしているのですが、たぶん日に百回は、タボル山に行きたいと口にしています。というのも総大司教に、あれこれ用事を申し付けられるのですが、どれも吐き気がするほど嫌なものばかりで。たとえばですね、

ナータン　お願いです、どうぞ手短に！

修道僧　では、本題に！――今日ですね、総大司教の耳に吹き込まれた噂なんですが。この近所に住んでいるユダヤ人が、キリスト教徒の子どもを自分の娘として育てているらしい、と。

ナータン　えっ？（狼狽している）

修道僧　最後まで聞いてください！――総大司教はわたくしに、できることなら即刻、そのユダヤ人を探し出せと命じたのです。それは冒瀆だと激怒されて。聖霊に対する大罪だと思われたわけです。《594》――つまり、その罪は、われわれにしてみれば、あらゆる罪のなかで最大の罪なのですが、ただし、幸いわれわれとしては、実際どうして罪なのか、よく分かっていない。――そのとき突然、わたくしの良心が目を覚ました。ずいぶん昔の話ですが、許しがたいその大罪のきっかけとなったのは、このわたくしではないか、と気づいたわけです。――ナータンさん、18年前、あなたのところに馬丁が、生まれて数週間にもならない女の子を連れていきませんでしたか？

ナータン　それがどうしたんです？――もちろん――たしかに――

修道僧　ほら、わたくしの顔、よく見てください！――その馬丁、わたくしなんです。

ナータン　あなたが?
修道僧　わたくしがあなたのところへ連れていった赤ん坊の、父親というのは、――たしか――フィルネクという方でした。――ヴォルフ・フォン・フィルネク!
ナータン　その通りです!
修道僧　母親のほうはその直前に亡くなっており、父親が突然――たしか――ガザに向かわねばならなくなり、生まれたての赤ん坊を連れていくわけにもいかず、そこであなたのところへ届けることにした。で、わたくしが赤ん坊を抱いてあなたに会ったのが、[ガザの南にある城]ダルンじゃありませんか?
ナータン　まさにその通り!
修道僧　わたくしの記憶が怪しいとしても、不思議じゃありません。わたくしは数多くの立派な主人に仕えました。しかもフィルネク様にお仕えしたのは、ごく短期間にすぎません。その後すぐにフィルネク様は[ガザの北にある港町]アスカロンの近くで戦死されました。いつも感じのいいご主人様でした。
ナータン　そうでした!　そうでした!　私はあの方には心から、心から感謝しなければならない!　一度ならず剣から救っていただいたんです!

修道僧　それはすばらしい！　だったら、なおさら喜んでその娘さんの面倒を見ることにしたわけですね。
ナータン《595》そう思ってください。
修道僧　さて、その娘さんはどこにいるんです？　まさか、死んでしまったりしてないでしょうね？――死んだことになんかにしないでくださいよ！――誰にもこの経緯《いきさつ》が漏れてさえいなければ、うまくいくんですから。
ナータン　うまくいく？
修道僧　わたくしを信じてください、ナータンさん！　いいですか、わたくしはこう考えてるんですから！　わたくしがやろうかなと思っている善いことがですね、極悪と紙一重である場合、わたくしとしては、善いことはしないでおきます。なぜならわれわれは、悪なら、かなり確実に知っているけれど、善のほうは、まるで知らないからです。――あなたがキリスト教徒の女の子をしっかり育てようと考えたときに、あなたがその女の子を自分の娘として育てるのは、ごく当然のことでした。――あなたが愛情と真心を込めて育てたというのに、今さらこんな報いを受ける必要があるでしょうか？　わたくしには解《げ》せません。ええ、もちろん、もっと利口なやり方もあったでしょう。キリスト教徒を見つけて、女の子をキリスト教徒として育ててもらっていたなら、あなたはお友達の子どもを愛していなかったことになるでしょう。そして子どもには愛が必要です。それが野生の動物の愛であっても、その年齢では、キリスト教より必要です。キリスト教の教育なら、後からできます。キリスト教は別にして、娘さんがあなたの目の前で健康で敬虔な人として成長さえしていれば、神の目の前でもそうだったのです。ところでキリスト教というのは、全体がユダヤ教の上に建てられたものですよね？　われわれの主イエスもまたユダヤ人だったということを、キリスト教徒がしばしば忘れてしまっていて、そのたびにわたくしは腹立たしくなり、涙を流すことさえあります。

ナータン　修道僧さんは、憎しみと偽善が私を攻撃してくるようなことがあれば、《596》きっと取りなしてくれるでしょうね。――私が攻撃されるとすれば、それは、ただひとつの行為のせいだ。――ああ、ただひとつの行為のせいだ！――あなたには、あなたにだけは、お話ししましょう！――でもこのことは、誰にも話さず、墓場まで持っていってください！　これまで私は、いたずらに誰かに話そうとしたことがありません。あなたにだけ話すのです。敬虔で純粋な方にだけ話すのです。そういう方にしか、神に帰依した人間がどのような行為に踏み出すことがあるのか、理解できませんから。

修道僧 感動してますね？ 目に涙があふれてますね？

ナータン あなたが子どもを連れて私と会ったのは、ダルンでした。でもあなたはたぶん、その数日前、［エルサレムの北西にあって十字軍の要塞がある］ガテで、キリスト教徒がユダヤ人を女も子どもも一緒に皆殺しにしたことを知らないでしょう。そのなかには私の妻が、そして希望にあふれた7人の息子がいたことも、知らないでしょう。私の妻と息子たちは、私が私の兄の家へ疎開させていたのですが、そこで焼き殺されてしまった。

修道僧 おお、神よ！

ナータン あなたがやって来るまで、3日3晩、私は神の前で灰とほこりにまみれて這いつくばったまま、泣いていた。――泣いていた？ それだけじゃない。神を非難し、恨み、荒れ狂い、わが身と世界を呪い、キリスト教徒を憎み、絶対に許さないと誓った。――

修道僧　ああ！　よく分かります！

ナータン　しかし次第に理性が戻ってきた。理性が穏やかな声で言った。「しかし神はいる！　あれもまた神の思し召しだったのだ！　よし！　さあ！　お前がとっくの昔に理解したことを実行するのだ！　その気にさえなれば、理解するよりも実行するほうが、きっとむずかしくはない。さあ、立て！」――私は立った！　そして神に叫んだ。《597》「そうします！　それを神が望むなら！」――そんなときにあなたは馬から降り、あなたのマントにくるんだ子どもを私に手渡した。――そのとき、あなたが私に何を言ったのか、私があなたに何を言ったのか、忘れてしまった。私が覚えているのは、ただ、私は子どもを受け取り、私の寝場所に運び、子どもにキスをし、それから、ひざまずいて、むせび泣いたことぐらいだ。「神よ！　7名のかわりに1名が戻ってきました！」

修道僧　ナータンさん！　ナータンさん！　あなたはキリスト教徒だ！　神かけて、キリスト教徒だ！　こんなにすばらしいキリスト教徒は、これまでいなかった！

ナータン　結構なことです！　あなたの目に私がキリスト教徒に見えるなら、私の目にはあなたがユダヤ教徒に見える。――だがこれ以上、持ち上げっこはやめましょう。今ここで必要なのは実行すること！　７人の息子への愛がまもなく私を、自分の子どもではない、たった１人の娘に結びつけた。そしてまた、私がその娘のなかにいる７人の息子をまたしても失うことになるのかと思うと、死にそうな気がする。しかし、にもかかわらず、——神の思し召しがその娘を私の手から取り上げようとするなら、——私は従いますよ！

修道僧　もう十分です！——まさにそういうことをですね、わたくしもあなたに勧めようと考えていたのです！　しかしあなたのすぐれた精神が、すでにあなたに勧めていたのですね！

ナータン　ただ、娘を私から取り上げるのは、誰でもいいというわけじゃない！

修道僧　ええ、もちろんです！

ナータン　あの娘に対して、私より大きな権利をもっている者はいないが、せめて私より先に権利をもっていた者でなくては。——

修道僧　もちろん！

ナータン　娘に対する権利を、自然と血から与えられた者でなくては。

修道僧　わたくしもそう思います！

ナータン　では、あの娘《こ》の兄であれ、伯父であれ、《598》いとこであれ、その他の親族であれ、そういう人をさっさと教えてください。そういう人になら、引き渡すのを拒みはしない。――あの娘《こ》はね、どんな家に入ろうが、どんな信仰をもとうが、その花となるように生まれ、育てられてきたんです。――あなたなら、これまであなたが仕えてきたご主人たちや、あの娘《こ》の一族について、私より心当たりがあるんでしょうね。

修道僧　いや、ナータンさん、それがむずかしいんです！――さっきお話ししたように、わたくしが問題のご主人にお仕えしたのは、ほんの短期間だったもので。

ナータン　せめてですね、あの娘《こ》の母親がどんな家系だったか、知りませんか？――姓がシュタウフェンだったのでは？

修道僧　そうだったかも！――ええ、そんな気がします。

ナータン　母親の兄弟に、コンラート・フォン・シュタウフェンという人がいませんでした？――テンプル騎士で？

修道僧　わたくしの記憶に間違いがなければ。そうだ、待ってください！　思い出しました。わたくしの手もとに、亡くなったご主人が持っておられた小さな本が。

アスカロンの近くであわただしく埋葬したとき、ご主人の胸から抜き出しておいたものです。
ナータン　で？
修道僧　お祈りの本なんです。聖務日課書と呼んでいるものです。――キリスト教徒ならそうこともあるんじゃないか、と思ったもので。――わたくしはですね、もちろん使えませんが。――字が読めないもので。――
ナータン　あなたのことはともかく！――その本にどんな意味が？
修道僧　その本の前と後ろにですね、聞いたところによると、ご主人の手で、ご主人と奥様の家族の名前が書かれているそうなんです。
ナータン　それは願ってもないことだ！　さあ！　急いで！　その本、持ってきてください。早く！　その本と同じ重さの金《きん》で買い取らせてください。それから何千回もお礼を言います！　さ、早く！　急いで！
修道僧　《599》分かりました！　でも、ご主人が書き込んでいるのはアラビア語ですよ。
（立ち去る）
ナータン　そんなこと、どうでもいい！　ともかく、ここへ！――神よ！　もしもあの娘《こ》を手もとにおくことができて、おまけに、ああいう婿まで迎えることができるなら！――いや、むずかしいだろうな！――ともかく、なるようにしかならないのだ！――しかし、誰だったのだろう、総大司教に私の秘密を告げ口したのは？　どうしてもこのことは忘れずに確認しなければ。――もしかしてダーヤの仕業《しわざ》では？

第8場

ダーヤとナータン。

ダーヤ　（狼狽して急いで）ナータン様、大変です！

ナータン　どうした？

ダーヤ　お嬢様がすっかり驚いちゃって！　お使いが……

ナータン　総大司教からの？

ダーヤ　いえ、最高権力者《スルタン》の妹君のシター様から……
ナータン　総大司教じゃなく？
ダーヤ　いいえ、シター様からです！――今、そう言ったばかりですが。――シター姫が使いを寄こされたんですよ。お嬢様をお迎えに。
ナータン　誰を迎えに？　レヒャを迎えに？――シター様がレヒャを？――さて、使いを寄こしたのが、シター様で、総大司教ではないとすると――
ダーヤ　どうして総大司教だとおっしゃるんですか？
ナータン　とするとお前は最近、総大司教から何も言われてないんだな？　確かにそうか？　総大司教に告げ口なんかしなかったんだな？
ダーヤ　あたくしが？　総大司教に？
ナータン　どこにいるんだ、使いの者は？
ダーヤ　表です。
ナータン　用心のため私が行って、話を聞くことにしよう。さ、行くぞ！――総大司教が裏で糸を引いてなければいいのだが！（立ち去る）
ダーヤ　でも、あたくしとしては――あたくしとしては、もっと別の心配があるんですけどね。だって、そうでしょ？　こんなにお金持ちのユダヤ人の、ひとり娘だと思われてるわけだから、イスラム教徒がお相手でも悪くないでしょう？――ひゃあー、そうなるとテンプル騎士は、おしまいだ。あたくしが次の手を打たなければ、おしまいだ。お嬢様の素姓をお嬢様ご自身に明かさないことには！――でも大丈夫、落ち着け！　お嬢様とふたりきりになるチャンスがあれば、その時を逃さないようにしよう！　チャンスなら、あるでしょう。――たとえば、お嬢様のお供をするときなんか、ちょうどいい。シター様のところへのお供の途中で、ちょっとほのめかすぐらいなら、大丈夫よね。そう、そう！　そうしましょう！　チャンスは今しかない！　そうしましょう！（ナータンのあとを追う）

第5幕

第1場

舞台は、サラディンの宮殿の一室。お金の入った袋が運び込まれた部屋で、まだその袋が残っている。

サラディン。そのすぐあとから数名の奴隷あがりの親衛兵《マムルーク》。

サラディン（部屋に入ってきながら）ふむ、お金がまだそのままか！　おまけにアル＝ハーフィがどこにいるのか、誰も見つけられない。どうやらチェスボードに釘付けになってしまったか。あいつはチェスとなると、われを忘れてしまうからな。――わしのことだって忘れるんだろう。――ま、我慢してやるか。ん、何だ？
マムルークその1　待ちに待ったお知らせです、最高権力者様《スルタン》！　お喜びください、最高権力者様《スルタン》！……。カイロからキャラバンが到着しました。《601》無事に到着しました！　豊かなナイル川の7年分の貢物《みつぎもの》を積んで。
サラディン　ブラーボ、イブラヒム！　お前は本当にうれしい使者だ！――そうか！ようやく、ついに！　ようやく！――うれしい知らせに礼を言うぞ。
マムルークその1（そのまま待っている）〈ん？　早くお礼をくれよ！〉
サラディン　どうして待っているのだ？――さあ、早く行くがいい。
マムルークその1　うれしい知らせをお持ちしたのに、手ぶらで帰るのですか？
サラディン　手ぶらとは？
マムルークその1　うれしい知らせをお伝えしたのに、その使者をねぎらうごほうび、いただけないのでしょうか？――とすると私は、サラディン様のお言葉だけでねぎらわれた第1号ということになりますが？――しかしこれも名誉なことで！――サラディン様にケチられた第1号なわけですから。
サラディン　そういうことなら、あそこに転がっている金《かね》の袋を1つ持っていくがいい。

マムルークその１　いえ、今はもう！　全部持っていけ、と言われても、結構です。

サラディン　すねてるんだな！――さあ！　２つ持っていけ。――本気なのか？――わ行ってしまったのか？　わしより先に潔いところを見せようというのか？――わしに与えるより、断るほうが、あいつには辛いはずだから。――イブラヒム！――わしのような者が、この世から退場する直前に突然、別人になろうなどと思うとは、いったいどういうことだ？――サラディンはサラディンらしく死のうとは思わないのか？――とすると、サラディンはサラディンらしく生きていないにちがいない。

マムルークその２　最高権力者《スルタン》様！……

サラディン　お前が知らせに来たのなら……

マムルークその２　エジプトから荷が届きました！

サラディン　もう知っている。

マムルークその２　ご報告に来るのが遅すぎました！

サラディン　《602》遅すぎたということはない。――お前は気持ちのいいやつだ。ほうびにそこの金《かね》の袋を1つか2つ持っていけ。

マムルークその2　3ついただけませんか？

サラディン　よし、ちゃんと数えることができるなら！──持っていくがいい。

マムルークその2　3人目のマムルークが来ると思うのですが。──もしも来ることができるのなら。

サラディン　どういうことだ？

マムルークその2　いえ、あのですね。首の骨を折っちゃったのかもしれないのです！といいますのも、われわれ3名のマムルークは、荷の到着を確認するやいなや、それぞれ脱兎のごとく馬を駆り立てました。先頭のマムルークが落馬したので、私が先頭を駆けていました。ところが町に入ると、抜け目のないイブラヒムのほうが、抜け道をよく知っていたのです。

サラディン　おお、落馬したのか！　お前の友達が落馬したんだな！──馬で迎えにいってやれ。

マムルークその2　はい、そうします！──もしもその者が生きていたら、いただいた金《かね》袋の半分は、その者に渡します。（立ち去る）

サラディン　おお、あれもまた、なかなか心優しくて気高い男だ！――こんなにすばらしいマムルークのいる宮廷は、ほかにはないだろう！　わしを模範にしてこの連中は訓練されておる、と考えるのも悪くはないか？――そうだな、この連中を別の模範に馴らそうなどと考えるのは、やめよう！……
マムルークその3　最高権力者《スルタン》様……
サラディン　お前なのか、落馬したのは？
マムルークその3　いえ。私はただご報告に。――キャラバン隊長、エミール・マンソール様が下馬されました、と、ご報告に……
サラディン　ここへ通せ！　急いで！――お、もうやって来たか！――

《603》第2場

エミール・マンソールとサラディン。

サラディン　おお、帰ってきたか、エミール！　で、どうだった？――マンソール、マンソール、ずいぶん待たせてくれたな！

マンソール　この手紙の報告にありますように、最高権力者《スルタン》のエジプト総督アブルカッセムがまず、［上エジプトの地方］テバイスの暴動を鎮圧する必要があり、その後ようやくわれわれは出発が許可されたわけです。出発してからは、可能なかぎり隊列のスピードを上げたのですが。

サラディン　なるほど、そういう事情だったのか！――そこで、さて、マンソール将軍、ひとつ、またすぐに……頼みたいことがあるのだが、やってもらえるか？……すぐにまた護衛についてもらいたいのだ。このまま、ただちに護衛をつづけてもらいたい。金《かね》の大部分をな、レバノンの父上に届けてもらいたいのだ。

マンソール　喜んで！　喜んで承知しました！

サラディン　で、護衛はあまり手薄にしないように。レバノンの情勢は、もはやそんなに安全ではない。まだ聞いてないか？　テンプル騎士団がまた動き出した。だからお前も十分に気をつけてくれ！――さあ、わしも行くぞ！　キャラバン隊はどこだ？　わしが見て、すべて指図する。――マムルークたちよ！　それが終わったらすぐシターのところへ行くからな。

《604》第3場

舞台は、ナータンの家の前のナツメヤシの木陰。そこでテンプル騎士が行ったり来たりしている。

テンプル騎士　家に入る気がしない。――ここにいれば、そのうちナータンが姿を見せるだろう！――これまでなら、ぼくが姿を見せると、すぐに、歓迎してくれたのに！――家の前であなたをこんなにお待たせするなんて、と恐縮するナータンの顔を拝んでやりたいものだ。――ふん！――しかしぼくは非常に腹を立てている。――しかしどうしてこんなにナータンに腹を立てるようになったのか？――ナータンはぼくに、何も拒絶してるわけじゃない、と言った。サラディンだって、ナータンの説得役を引き受けてくれた。――それなのに？　ナータンの心のなかのユダヤ教徒よりも、ぼくの心のなかのキリスト教徒のほうが、じつは深く巣くっているのか？――誰も自分のことはよく分からない。どうしてぼくは、ナータンの小さな略奪を許す気になれないのか？　あんな事態だったから、キリスト教徒から奪い取っただけなのに。――もちろん、小さな略奪とは言えない。あんなにすばらしい娘なんだから！――娘？　では誰の娘なんだ？　奴隷が、人生の荒涼とした岸辺に筏《いかだ》で石材を運んできて、置き去りにしたのか？　いやむしろ芸術家が、投げ捨てられた石材のなかに神々しい姿を思い描いて、それを彫り出したのか？――ああ！　レヒャの真の父親は、生みの父親がキリスト教徒だったにせよ、やっぱり――やっぱり永遠にあのユダヤ人なんだ。――もしもぼくが、レヒャのことを、たんなるキリスト教徒の小娘だと想像するなら、つまり、ナータンほどのユダヤ人から与えてもらったものが一切ないレヒャとして想像するなら、――どうだ、わが心よ、――お前は、レヒャのどこが気に入ったのか？　ないだろう！　ほとんどない！　レヒャの微笑みだって、ほっぺたの筋肉が優しくきれいにピクピクしているだけのこと。《605》レヒャを微笑ませている筋肉も、レヒャの口もとに浮かぶ魅力に比べれば、何の価値もないだろう。――いや、レヒヤの微笑みさえ、ぼくは気に入らないだろう。これまでぼくだって、もっと優しい微笑みが、馬鹿げたことや、つまらないものや、あざけりや、おべっか使いや、愛人などに無駄使いされているのを見てきたさ！――でもそんな微笑みに、うっとりしただろうか？　そんな微笑の陽光を浴びて、むなしく自分の命をひらひら舞わせたいなどと、願っただろうか？――そんなことはない。それなのにぼくは、より高い価値をレヒヤに与えた唯一の人物にむくれているのか？　またどうして？　なぜ？――別れ際にサラディンに投げつけられた皮肉が、ぼくに当たっているなら！　サラディンにそう思われたというだけで、やりきれない！きっとぼくは、どんなに小さな人間だと思われたことだろう！　軽蔑に値するやつだ、と！――しかもどれもこれも、たったひとりの小娘のせいじゃないか？――クルト！　クルト！　これじゃ駄目だ！　変わらなきゃ！　もしもダーヤに聞かされたことが、根も葉もない作り話にすぎないとしたら？――ほうら、とうとうナータンが家から出てきたぞ！　すっかり話し込んでるな。――おや！誰と話してるんだ？――あいつとか？　あの修道僧とか？――だったら！　きっとナータンは、何もかも聞いたんだ！　もうすっかり総大司教の手に落ちてるんだろう！　ああ！　あまのじゃくのぼくは、何をやらかしてしまったんだ！——ただ一度、恋の情熱が火花を散らしただけで、ぼくらの頭のなかでは、こんなにも多くのものが燃えてしまうんだ！——これから何をするのか、急いで決めるんだ！　ぼくは脇に隠れて待っていよう。——もしかしたら修道僧のやつ、ナータンと別れて帰るかもしれないから。

第4場

ナータンと修道僧。

ナータン　（こちらに近づいてきながら）修道僧さん、聖務日課書、本当にありがとうございました！

修道僧　《606》いや、こちらこそ！

ナータン　私が？　あなたに？　何のお礼を言われるのかな？　あなたが必要としな

いお金を、私が頑固に押しつけようとしたことをですかな？――いや、あなたも頑固ですね。折れてくれればよかったものを。どうしても、私よりお金持ちになりたくないと言い張って。

修道僧　あの聖務日課書は、いずれにしてもわたくしのものじゃないんです。もともとお嬢さんのもの。お嬢さんにとって父親の唯一の形見ですから。――いや、しかし、お嬢さんにはあなたという父親がいるわけで。――ナータンさんが後悔されることなどないようにと祈るばかりです。これまでお嬢さんには、本当にあれこれ尽くされてきたわけですから！

ナータン　後悔する？　そんなことありません！　ご心配なく！

修道僧　とはいえ！　総大司教とか、テンプル騎士とかが……

ナータン　私にどんな悪いことをするとしてもですよ、私が後悔するようなことはありません。まして、レヒャの父親になったことを、後悔するなんて！――ところで、総大司教をそそのかしているのがテンプル騎士だってことは、確信しているのですか？

修道僧　ほかの人間だとは、まず考えられません。ついさっきテンプル騎士が総大司教と話をしてました。わたくしの聞いたところも、そんな臭いがしました。

ナータン　しかしエルサレムにいるテンプル騎士は、ひとりしかいない。そのテンプル騎士なら私も知っています。私の友人だから。気高くて、率直な若者ですよ！

修道僧　まさにそうです。その男ですよ！――でも、実際の自分と、仕方なく世間に見せる自分とは、かならずしも一致するわけじゃないでしょうから。

ナータン　残念ながら、そうですな。――だが、それが誰であれ、最悪のことでも最善のことでも、するがいい！《607》私には、修道僧さんにいただいた聖務日課書があるので、誰が来ようと大丈夫。これを持って、すぐに最高権力者《スルタン》のところへ行きます。

修道僧　ご幸運を！　わたくしはここで失礼します。

ナータン　娘の顔も見ていただけませんでしたが？――では、また近いうちに。気軽にお寄りください。――せめて今日だけは、総大司教の耳に入らなければいいんですがね！――いや、それがどうした？　今日だって、何でも耳に入れてもらっても構いません。

修道僧　しゃべりませんよ、わたくしは。では、ご機嫌よう！（立ち去る）

ナータン　修道僧さん、ぜひまたどうぞ！——神よ！　この大空のもと、今すぐここでひざまずきたいほどです！　私をしばしば怯《おび》えさせてきたこの難題、それが今ひとりで解《ほど》けようとしているのです！——神よ！　私はもう、世間に何ひとつ隠し立てするものもなく、すっかり心が軽くなりました！　人間は不本意なことをしてしまうのも稀ではありませんが、神だけが人間を、その人間の所業によって裁く必要のないお方です。これから私は、神の前でと同じように、人びとの前でも、自由に歩いて生きていくことができるのです。——おお、神よ！——

第5場

ナータン。脇からテンプル騎士がナータンに近づく。

テンプル騎士　おーい！　待って、ナータンさん、ぼくも連れてって！

ナータン　誰かな？——と思ったら、テンプル騎士か？　どこに行ってたんです？

最高権力者《スルタン》のところに姿を見せなかったでしょう?
テンプル騎士　行き違いになってたんですよ。悪く思わないでください。
ナータン　私は大丈夫だが、最高権力者《スルタン》が……
テンプル騎士　ぼくが行ったときは、あなたが帰ったすぐ後で……
ナータン　《608》じゃあ、最高権力者《スルタン》とは話をしたんですね? だったら、よかった。
テンプル騎士　でも最高権力者《スルタン》は、ぼくたちふたりと一緒に話がしたいそうで。
ナータン　なら、好都合。さあ、一緒に行きましょう。どっちみち私は最高権力者《スルタン》のところへ行くところなので。——
テンプル騎士　聞いてもいいですか、ナータンさん。さっき帰っていったのは誰です?
ナータン　おや、誰だか、ご存知ないのかな?
テンプル騎士　お人好しの助修士ですか? しょっちゅう総大司教のスパイになっているでしょ?
ナータン　かもしれない! ともかく今は総大司教のところにいます。
テンプル騎士　悪くない策略だな、悪党の前にお人好しを寄こすのは。

ナータン　ええ、愚かなお人好しなら。――敬虔なお人好しは、駄目ですが。
テンプル騎士　敬虔な人間を信用する総大司教なんていませんよ。
ナータン　あの助修士なら、私が保証してもいい。総大司教のためとはいえ、悪事の手助けはしないでしょう。
テンプル騎士　少なくともそんなふうには見えますね。――でも、ぼくのこと、何も言ってませんでした？
ナータン　あなたのこと？　あなたのことは、とくに何も言ってなかったと思う。――あなたの名前だって、まず知らないでしょう？
テンプル騎士　でしょうね。
ナータン　もっとも、テンプル騎士の話は聞きましたよ……
テンプル騎士　どんな話を？
ナータン　とはいえ、それがあなたのことだなんて絶対に言ってませんでしたがね！
テンプル騎士　それは分からないでしょう？　その話、どうか聞かせてください。
ナータン　テンプル騎士がね、私のことを総大司教に告発したというんです……
テンプル騎士　《609》あなたのことを告発した？――それはですね、あの助修士には失礼ですが、でっちあげです。——聞いてください、ナータンさん！——ぼくは、しらを切れるような人間じゃない。ぼくのやったことは、ぼくがやったこと！でもですね、ぼくは、自分のやったことは、どんなことでも正しかったのだと弁明したがるような人間じゃない。何かを失敗したからといって、恥ずかしがるべきでしょうか？　その失敗を修正しようと固く決心しているんです！　そしてそういう決心をすれば、人間がどこまでできるものなのか、ということも心得ています！——聞いてください、ナータンさん！——助修士の話に出てくるテンプル騎士は、ぼくのことです。あなたのことを訴えたと言われています。たしかに。——でも、分かってくれますよね。どうしてぼくが腹を立てたのか！　どうしてぼくの血が煮えくり返ったのか！　ぼくは阿呆だった！——ぼくは、身も心もまるごと、あなたの腕のなかに投げかけるつもりで来たんだ。でも、どんなふうにあなたはぼくを迎えたか。——なんと冷たかったことか。——なんと生ぬるかったことか。——生ぬるいのは、冷たいのより、ひどい迎え方ですからね。あなたは、まるで測ったようにぼくを避けようとしていた。どうでもいい質問をして、ぼくに答えているようなふりをしようとした。今でもそのことを思い出すと、じっとしていられない。——聞いてください、ナータンさん！——そんなふうに心が穏やかでないときに、ダーヤがそっと近づいてきて、ぼくの頭に秘密を吹き込んだのです。ぼくにはその秘密が、あなたの謎めいた態度を解明してくれる鍵になるように思えたのです。

ナータン　ほう、どんな具合に？

テンプル騎士　最後まで聞いてください！——あなたはね、キリスト教徒から奪い取ったものを、二度とキリスト教徒に渡したくないんだな、と、ぼくは思い込んだ。そしてそれなら単刀直入に、あなたの喉にナイフを突きつけてやろう、と思いついたわけなんです。

ナータン　単刀直入に？　それが一番？——それのどこが一番なのかな？

テンプル騎士　聞いてください、ナータン！——たしかにですね、ぼくのしたことは間違っていた！——あなたには何の罪もないのでしょう。——愚かなダーヤは、自分が何を言っているのか、分かってない。——ダーヤは、あなたを憎んでるんですよ。——秘密をしゃべったのも、あなたをいざこざの中に巻き込んでやろうと思ったからにすぎない。——そうですよ！　そうですよ！——ぼくは軽率な若造で、つい夢中になって両極端に走ってしまう。あるときは、やり過ぎるし、またあるときは、やらな過ぎる。――たしかにそうなんですよ！　許してください、ナータンさん。

ナータン　もちろん、あなたが私のことをそんなふうに考えているのなら――

テンプル騎士　要するに、ぼくは総大司教のところへ行ったんです！――でも、あなたの名前は言わなかった。あなたを告発したというのは、さっきも言いましたが、でっちあげです！　ぼくはただ、ごく一般的なケースとして総大司教に話をしただけなんです。総大司教の見解を知りたくて。――そんなことだって、やらなくてもよかったかもしれません。ええ、たしかに！――総大司教が曲者だってことは、前から知ってましたからね。ぼくがあなたのところへ行って、直接あなたから話を聞くことができなかったか？――そうすれば、かわいそうなお嬢さんを、父親を失うかもしれないという危険にさらさずにすんだ。――しかし、それでどうなる？　総大司教の曲者ぶりはあいかわらずなので、ぼくはすぐにわれに返った。――どうか聞いてください、ナータンさん。最後まで聞いてください！――仮に、総大司教があなたの名前を知ったとしたらですよ、それからどうなるでしょう、それから？——お嬢さんが、これまで通り、あなたのお嬢さんでしかないなら、総大司教は、お嬢さんをあなたから取り上げることができる。ナータン家からお嬢さんを取り上げて、さっさと修道院に入れることができるわけです。——だからこそ——お嬢さんをぼくに下さい！　ぼくの妻にさせてください。そうすれば総大司教が来ても、平気です。妻をぼくから奪うなんてことは、させません。——お嬢さんをぼくに下さい。今すぐ！——お嬢さんが、あなたの娘であろうと、そうでなかろうと！　キリスト教徒であろうと、ユダヤ教徒であろうと、そのどちらでもなかろうと！　そんなことはどうでもいい！　どうでもいいんです！　ぼくは、今も、これから先も、死ぬまでそんなことは問題にしない。ありのままでいいんです！

ナータン　《611》勘違いしてませんか？　私には本当のことを隠しておく必要がある、と？

テンプル騎士　ありのままでいいんです！

ナータン　あの娘《こ》がキリスト教徒で、私の養女にすぎない。そのことを私は、あなたに——また、知ってもらっておくほうがいい人にも——これまで否定した覚えがありません。――ただ、なぜあの娘《こ》にそれを打ち明けなかったのか？――その点については、あの娘《こ》にだけ弁解すればいいことです。

テンプル騎士　お嬢さんにも弁解する必要はないと思います。お嬢さんがあなたをこれまでとは違った目で見たりしないようにしてあげてください！　本当のことを打ち明けないでおいてあげてください！――お嬢さんをどうこうできるのは、あなただけ、あなたしかいないんですから。お嬢さんをぼくに下さい！　お願いです、ナータンさん。お嬢さんをぼくに下さい！　もう一度お嬢さんを救い出すことができるのは、ぼくしかいない。――救い出すつもりなんですよ、ぼくは。

ナータン　ええ――救い出してもらうことができた！　救い出してもらうことができた！　でも今は、もうできない。手遅れなんです。

テンプル騎士　どうして？　手遅れなんですか？

ナータン　総大司教に感謝しなくては……

テンプル騎士　総大司教に？　感謝？　彼に感謝？　何をしてくれたんです？　あいつが、ぼくらに感謝されるようなことをしようとした？　何を？　何を？

ナータン　あの娘《こ》の身寄りが分かったんです。あの娘《こ》を誰の手に渡すのが安心なのか、分かったんです。
テンプル騎士　それであいつに感謝する？――誰があいつに余計な感謝をしますか？
ナータン　あなたはね、あの娘《こ》の血縁の者の手から、あの娘《こ》をもらうしかない。私の手からじゃなく。
テンプル騎士　かわいそうなレヒャ！　いろんな目に遭うんだね、かわいそうなレヒャ！　ほかの孤児なら幸せな話なのに、お前には不幸な話だ！《612》――ナータンさん！――どこにいるんですか、その血縁の人は？
ナータン　どこにいるんでしょうね？
テンプル騎士　そして誰なんです？
ナータン　ひとりだけお兄さんが見つかってます。あの娘《こ》に求婚するなら、そのお兄さんに申し込むしかない。
テンプル騎士　お兄さん？　何をしている人ですか、そのお兄さん？　軍人？　それとも聖職者？――ぼくにはどれくらい見込みがあるか、聞かせてください。
ナータン　軍人でも聖職者でもないようです。――いや、その両方かな。私もよく知らないので。

でしょう。

テンプル騎士　それ以外のことは？

ナータン　立派な人ですよ！　その人となら、きっとレヒャも幸せにやっていけるでしょう。

テンプル騎士　でもキリスト教徒なんですよね！――ときどきぼくは、あなたのこと、どう考えたらいいのか、分からなくなる。――どうか、ぼくのこと、悪く思わないでくださいね、ナータンさん。――キリスト教徒の中に入ると、お嬢さんもキリスト教徒らしくせざるをえないわけでしょう？　そして、十分に長いあいだキリスト教徒らしくしていると、結局、キリスト教徒になってしまうんじゃないですか？　あなたが蒔いた純粋な小麦も、結局、雑草によって窒息してしまうんじゃないですか？――それなのにあなたは、ほとんど気にしないわけですよね？それにもかかわらず、――あなたは？――あなたは、言うんですか？　その人となら、きっとレヒャも幸せにやっていけるでしょう、と。

ナータン　そう考えているんです！　そう望んでいるんです！――もしもね、あの娘《こ》がお兄さんのところで困るようなことがあっても、あの娘《こ》にはいつも、あなたや私がついているじゃないですか？――

テンプル騎士　おお！　そうするとお兄さんのところで困ることなんかないわけだ！　お兄さんは、食べる物や着る物を、お菓子やアクセサリーを、妹のためにたっぷり用意してくれるんでしょうね？《613》妹としてそれ以上、何が必要なんでしょう？――あ、そうだ、もちろんお婿さんも必要だ！――いや、いや、お婿さんだって、お婿さんだって、お兄さんがその時になれば、きっと連れてきてくれるんだ。とびきりすばらしい相手を！　頭の先からつま先までキリスト教徒というのが、一番ですね！――ナータンさん、ナータンさん！　あなたがすばらしい天使に育て上げたのに、ほかの連中が寄ってたかって、台なしにするんですよ！

ナータン　大丈夫！　その天使なら、あいかわらず私たちの愛情にふさわしい人間として生きていくことでしょう。

テンプル騎士　そんなこと言わないでください！　ぼ、ぼくの愛は違いますからね！　ぼくの愛は、何ひとつ横取りなんかさせませんから。何ひとつ。たとえそれがどんなに小さなものでも！　名前でも！――でも、ちょっと待って！――お嬢さんは、もう自分の身の上に起きていることに気づいて、疑っているんじゃないですか？

ナータン　そうかもしれないね。どこから聞いたのか、知らないけれど。

テンプル騎士　それはどちらでもいいんです。どちらにしてもですね、お嬢さんには、――どうしてもお嬢さんには、どんな運命が迫っているのか、最初にぼくの口から知らせなくては、と思っています。お嬢さんがぼくのものだと言えるようになるまでは、会わないでおこう、話もしないでおこうと思っていたけれど、そんな考え、消えちゃいました。急いでぼくは……

ナータン　待って！　どこへ行くんです？

テンプル騎士　お嬢さんのところへ！　お嬢さんの心が、お嬢さんにとってふさわしい、たったひとつの決心をするだけの強さがあるのかどうか、この目で確かめるのです！

ナータン　どんな決心を？

テンプル騎士　それはですね、ナータンさんのこと、お兄さんのことを、これ以上は質問せずに――

ナータン　それから？

テンプル騎士　ぼくについてくるという決心を、です。――たとえ、イスラム教徒の妻になるしかない定めだとしても。

ナータン《614》待って！　あの娘《こ》には会えませんよ。シター様のところにいるので。最高権力者《スルタン》の妹君のところに。
テンプル騎士　いつから？　どうして？
ナータン　もしもあちらで、お兄さんにも会いたいのなら、私と一緒に行きましょう。
テンプル騎士　お兄さん？　誰のお兄さん？　シター様のですか、それともレヒャの？
ナータン　もしかすると両方の。さあ、一緒に！　一緒に行きましょう！（テンプル騎士を連れていく）

第6場

舞台は、シターの後宮《ハレム》。
シターとレヒャがおしゃべりをしている。

シター　あなたに会えてうれしいわ、かわいらしいお嬢さん！――そんなに畏《かしこ》まらないで！　そんなに怖がらないで！　そんなにおずおずしないで！――さあ、元気を出して！　もっとおしゃべりして！　もっと気楽に！

レヒャ　お姫様、……

シター　あら、やめて！　お姫様だなんて！　シターと呼んで！――わたしはね、あなたの友達で、――あなたのお姉さん。お母さんと呼んでもらってもいいのよ。――実際、あなたのお母さんになるかもしれないんだから。――そんなに若くて！　そんなに利口で！　そんなに信心深くて！　いろいろ知ってるんでしょ！　いろいろ読んだにちがいないわ！

レヒャ　あたしが読んだ？――シター様、馬鹿な妹をからかわないでください。あたし、ほとんど読めないんです。

シター　ほとんど読めないなんて、嘘でしょ！

レヒャ　父が書いた字なら、なんとか！――本の話かと思ったので。

シター　もちろん！　本のことよ。

レヒャ　本なら、読むのに本当に苦労すると思います！――

シター　冗談でしょ？

レヒヤ　冗談なんかじゃありません。《615》父はね、本を読んでする冷たい学問が、あんまり好きじゃないんです。死んだ記号が頭に刻み込まれるだけだから、と言って。

シター　あら、変なこと言うのね！——でも、まったくの見当はずれでもないんでしょうね！——じゃ、あなたが知ってるいろんなことは……？

レヒヤ　父の口から聞いたことなんです。で、そのほとんどについて、どんなふうに？　どこで？　どうして？　父から教えてもらったのか、あたし、シター様に言うこともできます。

シター　そうやって習うから、もちろん、頭にしっかり残ってるわけね。そうやって心で、まるごと一挙に学ぶんだ。

レヒヤ　きっとシター様も、本はほとんど読まなかったんでしょう！　それか全然！

シター　どうしてかな？——わたしはね、本をたくさん読んだことを自慢したりはしない。——でも、どうしてかな？　あなたがそう言う理由は？　はっきり言ってちょうだい。あなたがそう言う理由を！

レヒヤ　シター様は、本当にありのままで、本当にわざとらしさがなく、本当に裏表がないので……

シター　で？

レヒヤ　本ばかり読んでると、そういう人にはほとんどなれない！って、父が言うんです。

シター　すばらしいわ、あなたのお父さんは！

レヒヤ　ですよね？

シター　どんなことでも、いつも的を射てる！

レヒヤ　ですよね？――でもその父を――

シター　どうしたの、レヒヤ？

レヒヤ　その父を――

シター　あら！　泣いてるのね、あなた？

レヒヤ　でもその父を――ああ！　もう言ってしまうしかない！　胸がいっぱいで、いっぱいで……。（シターの足もとに泣きくずれる）

シター　ねえ、何があったの、レヒヤ？

レヒヤ　《616》でもその父を、あたし――失うことになったんです！
シター　レヒヤが？――失う？――お父さんを？　どうしてそんなことに？――落ち着いて！――ありえない話だ！――さ、立ちなさい！
レヒヤ　「わたしはね、あなたの友達で、――あなたのお姉さん」と言ってもらったのは、嘘じゃないんですよね！
シター　そうよ、そうなのよ！――ともかく立ちなさい！　立てないのなら、人を呼ばなくちゃ。
レヒヤ　（気を取り直して、立ち上がる）ああ！　ごめんなさい！　ごめんなさい！――あんまりつらいので、シター様が姫君だってこと、忘れちゃって。シター様の前で、めそめそ泣いても、絶望しても、意味ないんですよね。シター様を動かすことができるのは、どんな場合でも、冷静沈着な理性だけ。
シター　で、どうしたの？
レヒヤ　あたしの友達、あたしのお姉さんなら、認めたりしないこと！　あたしにね、別の父親が押しつけられるなんて、認めたりしませんよね！
シター　別の父親？　押しつけられる？　あなたに？　誰がそんなことできるのか

な？　そんなこと望んだりできるのかな、レヒャ？

レヒャ　誰が？　うちの親切で意地悪なダーヤなら。そう望むこともできるし、――そうできると考えてるんです。――そうだ、シターー様はまだ、親切で意地悪なダーヤのこと、ご存知ないんですよね？　ああ、神様、ダーヤをお許しください！――ねぎらってやってください！　親切なことも、たっぷり――意地悪なことも、たっぷりしてくれました。

シターー　レヒャに意地悪を？――だったら本当は、あんまり親切じゃないんだ。

レヒャ　そんなことありません！　本当に親切なんですよ、本当に！

シターー　どういう人なの、ダーヤって？

レヒャ　キリスト教徒で、あたしが子どものとき世話してくれた。本当に世話になったわ！――信じられないでしょうけど！――母親がいなくても、ダーヤがいたから、寂しい思いをほとんどしなかった！――神様、どうぞダーヤにごほうびを！《617》――でもそのダーヤのせいで、あたし、こんなに心細くなって、こんなに苦しんでる！

シターー　どういうことで？　なぜ？　どうやって？

レヒヤ　ああ！　ダーヤって、かわいそう。――さっきも言ったように――キリスト教徒なんだけど、――あたしを愛しているから、あたしを苦しめてしまう。――熱狂的なキリスト教徒だから、１本しかない本当の道を知っていると妄想してるわけ。神様のところへ行こうと思うと、誰もがそこを通るしかない道を。

シター　なるほど、分かった！

レヒヤ　で、熱狂的なキリスト教徒なら、本当の道から外れた人を見るとかならず、本当の道に導かなくちゃ、と焦っちゃうわけ。――実際、ほとんどそうなっちゃう。というのも、その道しか正しい道がない、というのが本当なら、自分の友達が別の道を歩いていくのを、落ち着いて見てなんかいられないでしょ？――その道が友達を堕落、永遠に堕落させちゃうんだから。同じひとりの人を愛すると同時に憎むということも、きっとできそうな気がする。――でもね、そういう理由で、ダーヤをはっきり非難するようになっちゃったわけじゃない。ダーヤが、ため息ついたり、うるさく注意したり、祈ったり、脅かしたりしても、あたしは喜んで、もっと我慢してたと思う。喜んで！　おかげで、あたしはいつも、役に立つすばらしい考えを思いついたわけだから。それにね、相手が誰であれ、その相手から、ものすごく大事にされてるんだと感じるのは、やっぱり悪い気はしないものでしょ！「あなたが永遠にいなくなってしまうと考えると、頭がおかしくなります」なんて言われたりすると。

シター　そうね、本当に！

レヒヤ　でも――でも――それにも限度があるわけ！　今回ばかりは逆らえない。我慢することも、考えてみることも、何もできない！

シター　どういうことで？　誰に対して？

レヒヤ　《618》たった今、ダーヤに打ち明けられた秘密のことで。

シター　秘密を打ち明けられた？　たった今？

レヒヤ　ええ、たった今！　こちらへ来る途中、あたしたち、崩れたキリスト教の礼拝堂に通りかかったの。突然、ダーヤが立ち止まった。どうしようか迷ってるみたいだった。目に涙を浮かべて、空を見上げたり、あたしを見つめたりして。で、ようやく口を開いた。「さ、この礼拝堂の中を通って、近道しましょう！」。ダーヤが先に歩いていくので、あたし、ついてった。ぐらぐらする廃墟を、こわごわながめながら。ダーヤが立ち止まった。ダーヤとあたしがいたのは、朽ちた祭壇の、崩れ落ちた階段のそば。そのとき、あたし、どんな気持ちだったか？ だってね、ダーヤが熱い涙を流し、両手をよじりながら、あたしの足もとに倒れてきたんだから……

シターかわいそうに！

レヒヤ そしてね、ダーヤは、聖母マリア様にかけて、あたしに哀願したわけ。マリア様は、たぶんこれまで数多くの祈りを聞き、数多くの奇跡をもたらしてきたから。――ダーヤは、本当に同情した目であたしを見ながら、あたしがあたしのことを憐れむように、と哀願したの！――それからね、ダーヤの教会があたしに対してどんな権利をもっているのか、ダーヤがその秘密をあたしに打ち明けなければならなくなったけれど、それだけはどうか許してほしい、と哀願したの。

シター〈なんと不幸な子だこと！――そんなことだと思ってたわ！〉

レヒヤ 秘密というのは、あたしがキリスト教徒の子どもで、洗礼も受けていて、だからナータンの娘じゃなく、ナータンがあたしの父親じゃない、ってこと！――ああ！ 神様！ ナータンがあたしの父親じゃないなんて！――シター！ シター！ あたし、あらためてシター様の足もとにひれ伏します……

シター　レヒャ！　やめて！　立って！――兄が来るわ！　立って！

第7場

サラディンとシターとレヒャ。

サラディン《619》シター、どうしたんだ、こんなところで？
シター　この子、取り乱しちゃってるの！　ああ！
サラディン　誰なんだ、この娘は？
シター　わかるでしょ……
サラディン　ああ、ナータンの娘か！　どうしたんだ？
シター　ほら、気を確かに、レヒャ！――最高権力者《スルタン》よ……
レヒャ（ひざまずいたまま最高権力者《スルタン》の足もとへ寄っていき、頭を床につける）立ちません！　まだ立てません！――まだ、最高権力者《スルタン》様のお顔を見るわけにはまいりません！——まだ、永遠の正義と善意が最高権力者様《スルタン》の目に、そして最高権力者様《スルタン》の額に照り返しているのを見て、すばらしいと思うわけにはまいりません……

サラディン　立て……立つんだ！

レヒャ　いえ、約束していただくまでは……

サラディン　さあ！　約束してやろう……　どんなことでも！

レヒャ　あたしの父をあたしから取り上げないでください。そしてあたしをあたしの父から取り上げないでください。それさえ約束していただければ！——いったい誰があたしの父親であると申し立てているのか、——申し立てることができるのか、まだあたしは知りません。知りたいとも思いません。でも血のつながりだけで父親になれるものでしょうか？　血のつながりだけで？

サラディン　（レヒャを立ち上がらせる）よく分かった！——しかしそんなに残酷なやつは、いったい誰なんだ？　わざわざお前に——わざわざお前に、そんなことを吹き込むなんて。それは確かな事実なのか？　はっきり証明されたことなのか？

レヒャ　たぶんそうに違いありません！　あたしの乳母から聞いたことだ、とダーヤが言っています。

サラディン　お前の乳母からか！

レヒャ《620》死の間際になって、ダーヤには打ち明けておかなければ、と思ったそうです。

サラディン　死の間際になってか！――混乱していたのではなかったのか？――しかし、それがたとえ本当だとしても！――お前の言うように、血のつながり、血のつながりだけで、簡単に父親になれるわけではない！　動物の場合だって、似たようなものだ！　せいぜい、父親と名乗る最初の権利を手に入れるくらいのものだ！――だが心配しなくていい！――いいかな、父親だと言って２人がお前を争うなら、――すぐにその２人はやめて、３人目を父親にすればいい！――わしを、お前の父親にするがいい！

シター　それがいい！　それがいい！

サラディン　よい父親に、本当によい父親になってやるぞ！――だが待て！　もっといいことを思いついた。――お前は、父親なんかいらないのではないか？　いずれ父親は死んでいくだろう？　わしらより長生きする若者を、さっさと探せばよい！　まだ心当たりはないのか？……

シター　レヒヤが顔を赤らめてるわよ！
サラディン　もちろんそのつもりで言ったまで。顔を赤らめれば、醜い女でも美しくなる。美しい女なら、もっと美しくならないか？――わしは、お前の父親ナータンをここに呼んでおる。それから――もうひとり、ここに呼んでおる。誰だと思う？――ここ、［男子禁制の］後宮《ハレム》に呼んだのだ！　シター、許してくれるだろうな？
シター　お兄様ったら！
サラディン　レヒヤは、その男に会うと、きっと顔をまっ赤にするぞ！
レヒヤ　誰に会うと？　まっ赤になるのですか？……
サラディン　おや、とぼけるのか！　だったら、いっそ青ざめるか？――ま、どちらでも、好きにするがいい！――（女奴隷が後宮《ハレム》に入ってきて、シターに近づく）おお、もう着いたのか？
シター　《621》（女奴隷に）いいわ！　こちらへお通しして。――あの人たちよ、お兄様！

第8場（最後の場面）

サラディンとシターとレビヤ。そこにナータンとテンプル騎士が加わる。

サラディン　おお、わが友人、ふたりとも、よく来てくれた！——そうだ、ナータン、ナータンには、まず何よりも言っておかねばならんことがある。貸してもらった金《かね》は、もう、いつでも好きなときに、取りに来てもらってもいいぞ！……

ナータン　最高権力者様《スルタン》！……

サラディン　今度は、わしがあなたの役に立たせてもらう番だ……

ナータン　最高権力者様《スルタン》！……

サラディン　キャラバンが到着したのだ。長いあいだ不自由していたが、久しぶりに金持ちになった。——さあ、言ってくれ、あなたが大仕事をするのに必要な額を！　あなただって、あなたたち商人だって、手持ちの現金がありすぎて困るということはないだろうから！

ナータン　しかしどうして最初に、そんな小さなことが話題になるのでしょうか？――そちらに、涙に濡れた目が見えます。私には、それを乾かしてやるほうが、はるかに大事なことなのですが。（レヒャのところへ行く）泣いてたのか？どうしたんだ？――お前はまだ私の娘だろう？

レヒャ　お父様！……

ナータン　お前と私は心が通っている。それで十分だ！――さあ、笑うんだ！　落ち着いて！　お前の心が今でもお前のものなら、それでいい！　お前の心が今でも、失うことを恐れていなければ、それでいい！――お父さんは、ずっとお前のものなんだよ！

レヒャ　お父様さえいれば、お父様さえいれば、それでいいの！

テンプル騎士　お父様さえいれば、それでいい？――だったら！　ぼくは勘違いしてた。失うことを恐れられていないなら、《622》持っていると思われたことも、持ちたいと思われたこともないわけだ。――だったら、もういい！　もういい！――何もかも変わった、ナータンさん、何もかも！――サラディン様、ぼくたちはサラディン様の指図でやって来ました。でも、その指図をお願いしたぼくが、まちがっていた。もう配慮はいりません！

サラディン　若者がまた熱くなってるぞ！——何もかも、お前の思い通りに運ばなければならんのか？　お前の気のすむように？

テンプル騎士　でも、最高権力者《スルタン》！　お聞きの通り、ご覧の通りなんですよ！

サラディン　まことにな！——まずかったのはな、お前が自分の問題に自信がなかったことだ！

テンプル騎士　でも今は自信があります。

サラディン　善行をしても、それを鼻にかけるなら、帳消しになる。お前が救い出したからといって、お前のものになるわけではない。だとしたら、強盗が欲に駆られて火の中に飛び込んでも、お前と同じように立派な英雄になる！（レヒャのところへ行き、レヒャをテンプル騎士のそばへ連れていこうとする）さあ、レヒャ、さあ！　この男の言うことなど、堅苦しく考えなくていい。この男があああいうふうでなければ、あんなに暖かい心と誇りをもっていなければ、お前を火の中から救い出してくれなかっただろう。だからこの男にも差し引き勘定をしてやらんとな。——さあ！　この男に恥ずかしい思いをさせてやれ！　この男がするべきことをお前がするのだ！　この男にお前の思いを打ち明けるのだ！　お前がこの男にプロポーズするのだ！　そしてもしもこの男がそれを拒絶した場合はな、もしも、この男がお前にしたことより、お前がプロポーズすることのほうが、比較にならないほどすごいことだ、ということにこの男が気づかない場合はな、……そうそう、いったいこの男がお前のために何をしたというのだ？　ほんのちょっと燻《いぶ》されただけじゃないか！　大したことではない！――うん、もしもそういう場合には、この男は、わしの弟、わしのアサドとは似ても似つかんやつだ！　アサドの仮面をかぶっているだけで、アサドの心はもっていない。さあ、レヒャ……

シター　さ！　さ、レヒャ、行きなさい！　救い出してもらったんだから、それくらい、大したことじゃない。何でもないことよ。

ナータン　《623》お待ちください、サラディン様！　お待ちください、シター様！

サラディン　ナータン、お前も何か？

ナータン　ここにもうひとり、発言権のある者が……

サラディン　それには誰も異存はないぞ。――養い親のナータンには、異論の余地なく発言権がある！　あなたが望むなら、最初に発言するがいい。――だがあなたも聞いているように、わしにはこの問題の事情は全部わかっている。

ナータン　いえ、全部ではありません！——私など、どうでもいいんです。私とは別の、まったく、まったくの別人なんです。サラディン様、まず先にその人物の意見を聞いていただけないでしょうか。

サラディン　誰だね、それは？

ナータン　あれの兄のことです。

サラディン　レヒャの兄だと？

ナータン　はい！

レヒャ　あたしの兄？　じゃ、あたしにはお兄さんがいるの？

テンプル騎士　（いらいらしながら、ぼんやり黙っていたが、急にわれに返って）どこ？　どこにいるんです、そのお兄さんは？　まだここにはいない？　ぼくは、ここで会えると言われたけれど。

ナータン　ちょっとだけ我慢を！

テンプル騎士　（きわめて不機嫌に）この人はさ、自分を父親だと信じこませてきたんだ。——お兄さんだって見つけてあげるんじゃないかな？

サラディン　とんだ言いがかりだ！　これだからな、キリスト教徒は！　アサドなら、そんなに下劣な疑いを口にしなかっただろう。――いいだろう！　続けるがよい！

ナータン　この若者をお許しください。――私は喜んで許します。――私たちだって、こういう年齢で、こういう立場なら、何を考えるやら、わかったものではありませんから！（友人のようにテンプル騎士に近づきながら）当然ですよ、あなたのような騎士なら！――不信感があるから猜疑心が生まれるわけです！――もしもあなたが私に、あなたの本当の名前を明かしてくれていたら……

テンプル騎士　何ですって？

ナータン　《624》あなたの姓は、シュタウフェンじゃない。

テンプル騎士　じゃ、ぼくは誰なんだ？

ナータン　クルト・フォン・シュタウフェンじゃない。

テンプル騎士　じゃ、ぼくの名前は？

ナータン　ロイ・フォン・フィルネクです。

テンプル騎士　えっ？

ナータン　驚いてますね？
テンプル騎士　もちろん！　誰です、そんなこと言うの？
ナータン　私ですよ。私はね、もっといろいろ教えてあげることができる。だからといって、あなたを嘘つきだと言ってるわけじゃない。
テンプル騎士　嘘つきではない？
ナータン　シュタウフェンという姓もまた、あなたの名前であってもいいかもしれない。
テンプル騎士　そう思いますよ、ぼくも。——〈今のナータンの言葉は、神がナータンに言わせたものだ！〉
ナータン　というのも、あなたのお母さんはね、——シュタウフェン家の出だったからです。で、そのお兄さん、つまりあなたの伯父さんが、あなたを養育した。あなたのご両親がドイツでその伯父さんにあなたを託したからです。ご両親はね、ドイツの厳しい気候に耐えられなくなって、こちらに戻ってこられた。——その伯父さんの名前がクルト・フォン・シュタウフェンだった。子どもがいなかったので、もしかしたらあなたを養子にしたのかもしれない！——あなたは、伯父さんといっしょにこちらに来られて、ずいぶん長くなりますか？　伯父さんはまだお元気かな？

テンプル騎士　何と言えばいいのだ？――ナータンさん！――たしかに！　その通りです！　伯父は亡くなりました。ぼくは最近、テンプル騎士団の増強要員として、こちらに来たばかりです。――しかし、しかし――いったいこの話にレヒャのお兄さんが、どうつながるんです？

ナータン　あなたのお父さんが……

テンプル騎士　えっ？　ぼくの父のことも知ってたんですか？　ぼくの父のことも？

ナータン　私の友達だった。

テンプル騎士　あなたの友達だった？　そんなことがあるんですか、ナータンさん！……

ナータン　ヴォルフ・フォン・フィルネクと名乗っていたけれど、ドイツ人じゃなかった……

テンプル騎士　そんなことまで知ってるんですか？

ナータン　ドイツの女性と結婚していただけで。あなたのお母さんにくっついてほんの短いあいだドイツに行っただけで……

テンプル騎士　もうやめてください！　お願いです！――ところでレヒャのお兄さんというのは？　レヒャのお兄さんというのは……

ナータン　あなたですよ！

テンプル騎士　ぼく？　ぼくがレヒャの兄？

レヒャ　彼があたしの兄？

シター　兄妹《きょうだい》なんだ！

サラディン　ふたりは兄妹《きょうだい》なのか！

レヒャ　（テンプル騎士のところへ行こうとする）ああ！　お兄さん！

テンプル騎士　（後ずさりする）レヒャの兄だとは！

レヒャ　（立ち止まって、ナータンのほうを向く）そんなはずないわ！　そんなはずないわ！　この人、まるで知らん顔！――あたしたちのこと、ぺてん師だと思ってるのよ！　ああ、神様！

サラディン　（テンプル騎士に向かって）ぺてん師？　どうして？　お前はそう思っているのか？　そう思えるのか？　お前のほうこそ、ぺてん師ではないのか？　お前こそ、何もかもでっちあげられたものではないか。顔も、声も、歩き方も！　どれひとつお前のものではない！　こんなにすばらしい妹を、妹だと認めようとしないのか！　下がれ！

テンプル騎士（うやうやしく最高権力者《スルタン》に近づきながら）ぼくは驚いて呆然としているだけなのに、最高権力者《スルタン》にまで誤解されるのですか！　こんな状態のアサド様を目にされたことはほとんどないでしょうから、アサド様だって、ぼくだって、似たようなものです！（ナータンのところへ急ぎながら）ナータンさん！　ぼくから取り上げ、ぼくに下さいましたね、両手いっぱいに！――いや！　取り上げられたものより、下さったもののほうが多い！　はてしなく多い！（レヒャの首に抱きつきながら）おお！　妹よ！　妹よ！

ナータン《626》ブランダ・フォン・フィルネクです。

テンプル騎士　ブランダ？　ブランダ？――レヒャじゃなく？　もう、あなたのレヒャじゃなく？――ああ！　あなたはレヒャを追い出すんだ！　そしてキリスト教徒の名前を返すんだ！　ぼくのために追い出すわけですね！――ナータンさん！　ナータンさん！　なぜ妹をそんな目にあわせるのです？　妹を！

ナータン　どんな目に？――おお、ふたりとも、私の子どもだ！　私の子どもだ！――私の娘の兄なら、私の子どもではないですか？――その兄が望めば。

（ナータンがふたりに抱かれているあいだに、サラディンは、驚いて落ち着きがないまま、シターのところへ行く）

サラディン　シター、どう思う？

シター　わたし、感動しちゃった。

サラディン　わしはな、――わしは身震いして、のけぞりそうだ！　もっと大きな感動が待っているので。お前もしっかり覚悟しておけ。

シター　えっ？

サラディン　ナータン、ちょっといいか！　ちょっと話がある！――（ナータンがサラディンのそばへ寄るあいだに、シターもサラディンのそばに寄って、聞き耳を立てる。ナータンとサラディンは、さらに小声で話す）聞け、ナータン、聞いてくれ！　さっきお前が言ったのは、――

ナータン　何ですか？

サラディン　レヒャたちの父親がドイツ生まれではない、と。生粋のドイツ人ではない、と。では、いったい何者なんだ？　いったいどこの出身なんだ？
ナータン　レヒャたちの父親も私には、けっして打ち明けようとはしませんでした。
ですから本人の口から何も聞いていません。
サラディン　ドイツ以外のヨーロッパでもないのか？　西洋の人間ではないのか？
ナータン　おお！　西洋人ではない、と、たしか本人が言っていました。――一番得意な言葉はペルシア語でした……
サラディン　ペルシア語？　ペルシア語？　もうそれ以上、聞く必要はない！――あいつだ！　あいつだったのだ！
ナータン　どなたのことで？
サラディン　《627》わしの弟だ！　確かにそうだ！　わしのアサドだ！　確かにそうだ！
ナータン　では、サラディン様がそう思われるのなら、――この本でどうぞ確かめてください！（サラディンに聖務日課書を手渡す）
サラディン　（貪《むさぼ》るようにページをめくりながら）おお！　あいつの字だ！　これもそうだ！

ナータン　あの兄妹《ふたり》は、まだ何も知りません。どの程度まで知らせるか、それは、サラディン様の胸ひとつ！
サラディン　（ページをめくりながら）わしが、弟の子どもたちのことを認知しないとでも？　わしが、わしの甥《おい》と姪《めい》のことを――わしの子どもたちを？　認知しないとでも？　このわしが？　ふたりをお前に委ねるのだと？　（声をひそめるのをやめて）そうだ！　そうだ、シター、そうだ！　そうだ！　ふたりとも、わしの弟の、……お前の兄の子どもなんだ！（走って、3人の抱擁に加わる）
シター　（サラディンにつづいて）そうなんだ！――やっぱり、やっぱりそうだったんだ！――
サラディン　（テンプル騎士に向かって）どうだ、これで頑固なお前も、わしを愛さずにはいられないだろう！（レヒャに向かって）さっき父親になってやると言ったが、どうだ、その通りになっただろう？　お前が望もうと、望まないにかかわらず！
シター　わたしは母親よ！　わたしは母親よ！
サラディン　（ふたたびテンプル騎士に向かって）わしの息子だ！　わしのアサドだ！

わしのアサドの息子だ！

テンプル騎士　ぼくがサラディンの血を引いているとは！――では、子どもの頃、子守歌のように聞かされていたあの夢は、やっぱり――やっぱり夢以上のものだったんだ！（サラディンの足もとにひれ伏す）

サラディン　（テンプル騎士を助け起こしながら）さあ、この悪党を見てやってくれ！　いくらか事情を知っていたくせに、わしを人殺しにしようとしたんだぞ！　今に見ていろ！

全員が黙って抱擁をくり返しているうちに、幕が降りる。

【付録1】

《1153》ジョヴァンニ・ボッカッチョ

指輪の寓話（『デカメロン』第1日　第3話）

ユダヤ人のメルキゼデクは3つの指輪の話をして、サラディンの仕掛けた大難から逃れる。

ネイフィーレが口を閉じ、その話をみんながほめた。それからフィロメーレが、女王にうながされて、こんな話をはじめた。

ネイフィーレのお話を聞いていて、私が思い出したのは、あるときユダヤ人が巻き込まれた難題のことです。神様のことや私たちの信仰のまことについては、《1154》すでに、すばらしいお話を聞かせていただきました。ですから、これから俗世の人間の運命や行動についてお話しするのも悪くないと思います。このお話を聞いておけば、今後みなさんが質問されて答えを要求されたときに、もっと用心深くなれるかもしれません。きっとお分かりになるはずです。愚かなせいで、幸せな境遇から急に悲惨な目に突き落とされる人がいるように、賢い人は利口だから、大変な難儀から逃れて、みごとに安全で静かな生活を守ることができるのです。実際ですね、分別がなかったため、幸せな身の上から惨《みじ》めな身の上に転落することは、数多くの実例が教えるところです。今さらそういうお話をするつもりはありません。毎日のように目撃しているわけですから。利口なおかげで助かったというお話を、さっき言ったようにこれから紹介したいと思います。

サラディンは、ものすごく勇敢だったので、貧しい身分からバビロニアのスルタンになっただけでなく、イスラム教徒の君主やキリスト教徒の君主に何度も勝った最高権力者です。けれども数多くの戦争や贅沢三昧で、財産をすっかり使い果たしていました。そして今、急に思いがけないことで、まとまった金額が必要になり、それだけの金額をどうやって調達したものか、見当がつきません。しかしそのとき、メルキゼデクという名前の金持ちのユダヤ人のことを思い出しました。アレクサンドリアで高利貸しをしており、サラディンの見立てでは、助けてくれるだけの余裕が十分にあったのですが、とてもケチだったので、自分から進んで貸してくれそうにありません。サラディンとしては力ずくで借りるつもりはなかったのですが、必要な日も迫り、なんとかしてそのユダヤ人に助けてもらうしかない。そこでサラディンは、口実をひねり出し、もっともらしい理由でユダヤ人から無理やりお金を借りようとしたのです。

とうとうサラディンはそのユダヤ人を呼び出し、じつに愛想よく迎えて、そばにすわるよう申しつけ、こう言ったのです。「なあメルキゼデクよ、多くの者から聞いたが、お前は賢者だそうだな。とくに信仰について深い理解があるそうではないか。そこでひとつ教えてもらいたい。ユダヤ教、イスラム教、キリスト教、この3つのうち、どれが本物の宗教だとお前は思うのか」。このユダヤ人は本当に賢い人だったので、すぐに見抜きました。サラディンはこんな質問をしているが、これは私の言葉じりをとらえて、私を罠にはめようとしているだけのこと。だから、どの宗教を一番だと答えても、サラディンの思う壺だな。そこですばやくメルキゼデクは、よく切れる頭をフル回転させ、思う壺にはまらないですむような答えを見つけ出したのです。そして、突然思いついたような顔をして、こんな話をしたそうです。

「陛下、私が頂戴した質問は、すばらしくて意味深いものです。それについて私の回答をお求めですが、私としましてはぜひ、小さなお話をこれから披露させていただきたいと思います。私は何度も聞いたことがある話なのですが。昔、金持ちで身分の高い人がおりました。選りすぐりの宝石を宝物として持っていたのですが、なかでも格別に美しくて高価なひとつの指輪を大事にしていました。その指輪の価値と美しさゆえにその指輪に敬意を払い、その指輪を永遠に自分の子孫のものにしておくため、彼はこんな指図をしました。自分の息子たちのうち、この指輪を父から譲られた者は、この指輪を示して、われこそは父の相続人であり、残りのすべての息子たちより権利をもつ者として尊敬されるべきである、と。その指輪を最初に受け取った息子は、自分の子どもたちにも同じような指図をして、父親のやったことにならったのです。要するにその指輪は、手から手へ、何代にもわたって、子孫に引き継がれていきました。そうやって、とうとうその指輪が、3人の息子の父親の手にわたったわけですが、3人の息子はみんなそろって、美しく、徳もあり、父親には絶対服従をしていたので、3人とも父親から同じように優しく愛されていました。そして指輪の由来を知った3

人の若者は、誰もが、指輪を譲り受ける権利を手にしたいと願っていたので、すでに年老いた父親に、めいめい、指輪は自分に遺してもらいたいと切望したのです。人の好い父親は、3人の息子を同じように愛していたので、どの息子を選べばいいのか、自分で決めることができず、《1156》どの息子にも指輪を与えると約束してしまっていたので、3人ともを満足させる手口はないものか、思案しました。その結果、父親はこっそり腕のいい宝石職人の親方に、別に指輪を2つ作ってもらったのです。その2つの指輪は、最初の指輪ととてもよく似ていたので、注文した父親自身、どれが本物の指輪なのか、ほとんど見分けることができませんでした。父親が死の床に就いたとき、3人の息子をひとりずつこっそり呼んで、指輪をひとつずつ渡しました。父親の死後、3人の息子はそれぞれが自分に相続権と優先権があると主張したのです。誰もが、他の2人の権利を否定して、自分の権利を証明するため、自分の持っている指輪を示したのです。ところが3つの指輪はおたがいにとてもよく似ていたので、どれが本物の指輪なのか、誰ひとりとして見分けることができず、3人の息子のうち誰が父親の本当の相続人なのか、という問題は決着がつかず、今日でもそのままなのです。というわけで、陛下、陛下は3つの宗教についておたずねになりましたが、父なる神が3つの民族にあたえた3つの宗教について、私としましては、同じように答えたいと思います。どの民族も、それぞれの遺産をもち、それぞれ本物の宗教をもち、それぞれの掟をもっていると思っており、それらを守っているわけです。どの宗教が本物であるか。その問題は、指輪の問題と同じように、まだ決着がついておりません」

わしが仕掛けた罠を、このユダヤ人はうまく逃れおったぞ。それが分かったサラディンは、自分が困っていることを正直に打ち明けることにしました。そしてサラディンは、もしもメルキゼデクがそんなに冷静で賢明な答えをしなかったら、メルキゼデクから無理やり借金をしてやろうと思っていたことまで包み隠さず話したのです。メルキゼデクは、サラディンが望んでいた額をすべて用立てました。その後、サラディンはメルキゼデクに借りたお金を全額返しただけでなく、たくさんの贈り物もしました。それだけでなく栄誉と名声もあたえて、メルキゼデクを自分のそばに置き、末長く自分の友達にしたのです。

【付録2】

《41》

ゴットホルト・エフライム・レッシング

寓話

大きな大きな国の王様は、賢くて働き者だった。その王様が都に立てた宮殿は、とてつもなく大きな規模で、とてつもなく風変わりな建築だった。

規模がとてつもなく大きかったのは、王様が、その国を治めるのに必要な人間や道具をすべて、その宮殿に集めていたからだ。

《42》建築が風変わりだったのは、想定されたすべてのルールからずいぶん外れていたからだ。けれどもその建築は、みんなに気に入られ、みんなに都合がよかった。

気に入られたのは、とくに、簡素なすばらしさにみんなが感心したからだ。飾り立てた豊かさを、簡素なすばらしさが、うらやむというよりは軽蔑しているように見えた。

都合がよかったのは、建築が長持ちして快適だったからだ。宮殿全体は、長い長い年月をへてからも、まさに棟梁《とうりょう》が最後に仕上げたときのまま清潔で完全だった。宮殿を外から見ると、理解できない点がわずかにあったが、内側から見ると、光にあふれて脈絡があった。

建築に心得があると自負する者は、とくに宮殿の外側が気に入らなかった。大きな窓や小さな窓、丸い窓や四角い窓が、あちこちに散らばってついているわけではなく、そのかわり、いろんな形や大きさの扉や門がたくさんついていた。

窓がそんなに少ないのに、そんなに多くの部屋に光がたっぷり入ることが、みんなには分からなかった。主要な部屋が上から光を受け取っていたことに、ほとんど誰も気づかなかったのだ。

そんなに多くの、いろんな種類の入り口がなぜ必要なのか、みんなには分からなかった。宮殿のそれぞれのサイドに大きな玄関があるほうが、すっきりするし、それで用も足せるだろうと思ったからだ。小さな入り口がいくつもあれば、宮殿に呼び出された誰もが、迷わず最短距離で、まさに指定の場所に到着できるようになっていることに、ほとんど誰も気づかなかったのだ。

というわけで、建築に心得があると自負する人たちのあいだで、いろんな論争が起きた。一番熱くなったのは、宮殿を内側からたくさん見る機会がほとんどなかった者たちだ。

それにまた、みんながはじめてそれを見たとき、こいつはたちまち論争の種になってしまうぞ、と思われたモノがあった。まさにそのモノのせいで、論争はもっとも紛糾した。《43》まさにそのモノが滋養分たっぷりの栄養を供給したせいで、論争がもっともがんこに続いた。そのモノとは、図面のことである。つまりみんなが、それぞれに異なる古い図面を持っていて、自分の持っている図面こそ、宮殿の最初の棟梁たちが引いた図面だと思っていたのである。そしてそれらの古い図面には、言葉と記号が書かれていたのだが、その言語と記号一覧は、ほとんど失われたも同然だった。

だから誰もがそれぞれ、書かれていた言葉と記号を自分の好きなように解釈した。だから誰もがそれぞれ、自分の持っている古い図面から、自分の好きなように新しい図面を作成した。新しく作成された図面がどのようなものであれ、作成した本人は、たいていそれにうっとりした。そして自分でそれに全面的な信頼を寄せただけでなく、他人にもそれに全面的な信頼を寄せるよう、あるときは説得し、あるときは強制した。ごく少数の人だけが、こう言った。「そんな図面がどうしたと言うんだね？　この図面にしろ、その図面にしろ、わしらに言わせりゃ、代わりばえしないな。実際、わしらがいつ見ても、この宮殿には、このうえなく親切な知恵が満ちあふれている。また、この宮殿から国全体に、美と秩序と幸せが広がっている。それがわかれば、十分じゃないか」

しばしば人気がないのが、この少数派なのだ！　特別だと思い込まれている図面の一枚に光をあてて、少数派がにこにこしながら、ちょっとばかり詳しく解明してみせる。すると、その図面に全面的な信頼を寄せていた者たちは、少数派を、宮殿の放火殺人犯だと叫んで追い出した。

だが少数派は、そんなことを屁とも思わず、一番うまい手で切り抜けた。宮殿の内側で働いている人たちの仲間になったのだ。その人たちは、論争の輪に加わる暇も興味もなかったし、そもそも論争だなどと思ってもいなかった。

あるとき、まだ図面論争が調停もされず、下火にもなっていなかったときだが、――そんなあるとき、真夜中に突然、見張りの声が響いた。「火事だ！　宮殿が火事だ！」

で、どうなったか？　誰もが寝床から飛び起きた。誰もが、宮殿が火事だとは思わず、自分の家が火事になったと思って、あわてて自分が一番大事にしているモノのところへ走った。——自分の持っている宮殿の図面のところへ。「これを救い出さなければ！」と、誰もが思った。「あそこの宮殿が燃えて灰になるわけはない。宮殿はこの図面に書かれているんだから！」

《44》そして誰もが自分の図面を抱えて通りに出た。宮殿に駆けつけて火を消すのを手伝うかわりに、まず自分の図面を広げて、隣の誰かに、宮殿のどのあたりが燃えているのだろうと指で示そうとした。「ほら、お隣さん！　ここですよ、燃えているのは！　ここから火を消すのが一番いい。——いや、むしろここかな、お隣さん、ここだ！——おふたりは、どっち向いて、図面見てるんです？　燃えてるのは、ここですよ！——そこが燃えてるなら、どうやって消せばいいんだろ？　いや、燃えてるのは、きっとここだ！——だったら、そこを消せばいい。わたしは、そこ、消しませんよ。——おれは、ここ、消さないぞ！——ぼく、ここ、消さないから！」——そんな言い争いをしているうちに、本当に宮殿は全焼してしまったかもしれない。

もしも、宮殿が火事だったなら。――しかし実際は、見張りがオーロラを見て仰天し、大火事だと勘違いしたのだ。

解説――「わかったつもりにならない」レッシングの底力

丘沢静也

ゴールはなかった。方向を見つけた。

レッシング生誕200年を記念して、ケストナーが「レッシング」（1929）という詩を書いている。

彼が書いたものは、ときどき詩だった。
詩を書こうと思って、書いたことはない。
ゴールはなかった。方向を見つけた。
彼は男だった。天才ではなかった。
長い髪を編んでいた時代に彼は生きた。
彼もまた長い髪を編んでいた。

それ以来、たくさんの頭があらわれた。だが、
彼のような頭は、二度とあらわれなかった。

彼は男だった。並ぶ者なき男だった。
サーベルは振りまわさなかったが。
言葉で敵をなぎ倒した。
誰もがその言葉に納得した。

彼はひとりで立ち、正々堂々と闘い、
時代に風穴をあけた。
この世でなんといっても危険なやつは、
勇敢で、群れない者だ！

「すなおな感情、はっきりした思考、かんたんな言葉」にこだわったケストナーは、たくさん詩を書いているが、詩の人ではない。彼の精神は、骨の髄まで散文的だった。

ケストナーの代表作である小説『ファビアン』には、18世紀の啓蒙主義者、レッシングが出てくる。レッシングについての論文が、その小説の展開の鍵となるのだが、ケストナー自身の博士論文「フリードリヒ大王とドイツ文学」も、啓蒙主義がテーマだった。反骨のケストナーは、こんにちではめずらしく、自分から「啓蒙主義の曾《ひ》孫《まご》」と名乗っていた。

啓蒙主義は評判が悪い。自分には答えがわかっていて、それを相手に押しつけるイメージがある。押しつけることは、しばしば暴力になる。でも、「ゴールはなかった。方向を見つけた」レッシングの啓蒙主義は、こんにちの啓蒙主義とは方向がちがう。自分には答えがわからないので、問いつづけようとした。

レッシング（1729-1781）は、ドイツ啓蒙思想の大物だが、今の日本ではあまり知られていない。Wikipediaで日本語版「レッシング」の項目とドイツ語版「Lessing」の項目の分量を比べてみれば、よくわかる。レッシングは、理性の劣化した今の日本でも貴重な存在なのだが。

レッシングの代表作『賢者ナータン』（1779）は、ドイツ啓蒙思想の代名詞のような戯曲である。ドイツで上演される古典劇としては、ゲーテの『ファウスト』に次ぐ人気だが、「読む戯曲」としても十分に楽しむことができる。というのも、宗教論争を禁じられたレッシングが、自分の考えを書き込んだ戯曲なのだから。

ハイネは、ずば抜けた恋愛詩人として知られているが、ベルリン大学ではヘーゲルに学び、マルクスとも親交があり、下手な哲学者や思想家なんかより、はるかによく見える目をもち、文章も軽やかで楽しい。フランス人のために書いた『ドイツの宗教と哲学の歴史』で、ハイネは、レッシングをルターの後継者と位置づけている。

「ルターは、われわれドイツ人をカトリック教会の伝統から解放して、聖書だけをキリスト教の唯一の源にしてくれた。だがそこから、融通のきかない言葉礼拝《ミサ》が生まれた。聖書の字句が、かつてのカトリック教会の伝統とまったく同じように、われわれを専制君主のように支配した。聖書の字句という専制君主からわれわれを解放することにもっとも貢献したのが、レッシングだった」

プロイセン精神

人間の欲望にかんしてカトリックは、プロテスタントより懐が深い。プロテスタントに改宗したユダヤ人のハイネは、「肉と魂をうまく妥協させているカトリック教会の仕組みを、ルターはちゃんと理解していなかった」と指摘している。「カトリック教会は、肉の喜びとたくさん妥協をしたかわりに、魂を立派なものに見せかける資金を手に入れた」

ルター派の牧師の息子だったレッシングは、禁欲的だった。「一度は、みんなと同じように幸せになりたいと思った。だがそれは私の性に合わない」（1778年8月9日、エリーゼ・ライマールス宛）。レッシングは貧乏だった。1770年にようやく図書館司書の定職にありついても、生活費を補おうとして宝くじを買っていた。家庭的な幸福にも恵まれなかった。1777年のクリスマスイブに待望の長男トラウゴットが難産で生まれるが、その翌日に死んでしまう。最愛の妻エーファも産褥熱で、年が明けて1月10日に死ぬ。

1月10日にレッシングが友人エッシェンブルクに妻の死を知らせた手紙は、石に刻むような簡潔さで有名だ。「妻が死んだ。こういう経験を私もすることになってしまった。このような経験を、もうしなくてすむと思えば、うれしい。私はすっかり気が楽になった。――あなたは、そしてブラウンシュヴァイクにいる私たちの共通の友人は、きっと私のために悔やんでくれることでしょう。そう思うだけで、また心が慰められます」。これが全文である。

ベンヤミンはこの手紙に触れて、プロイセン精神を刻みつけているのは、フリードリヒ大王の軍隊というよりは、レッシングやリヒテンベルクを頂点とする不屈の散文家たちのほうだった、と言っている。ケストナーの詩「レッシング」で描かれているレッシングも、プロイセン精神を体現している。

フラグメント論争

不屈のプロイセン精神でレッシングが闘ったのが、フラグメント論争だ。「フラグメント」とは、ドイツ理神論の旗手ヘルマン・ザームエル・ライマールス（1694‐1768）が残した断章のこと。ライマールスは、ハンブルクのギムナジウムの先生で、理性にもとづいた自然宗教の立場から、イエスを、超越的な存在ではなく歴史上の人物と考えた。啓示には否定的で、聖書と教会をラディカルに批判した。ハンブルクのライマールス家は、啓蒙思想に共鳴する人たちの一種のサロンとなっていた。レッシングはライマールスの友人であり、ライマールス家の人たちとも親交があった。

聖書批判、史的イエス研究のパイオニアであるライマールスの死後、レッシングは、ライマールスの書いたものを編集して、『無名人のヴォルフェンビュッテル断章《フラグメント》』として出版した。ライマールスの名前を伏せて「無名人」としたのは、断章の内容がラディカルなため、ライマールスの家族に累《るい》が及ばないように配慮したからだ。

この『断章《フラグメント》』に強く反発したのが、ハンブルクのカタリーネ教会の主任牧師ヨハン・メルヒオル・ゲツェ（1717－1786）だった。ルター正統派のゲツェにとって、理性と啓示は対立するものではなく補完しあうものであり、聖書こそが最終審だった。聖書なしに信仰はありえず、文字と霊は同じものであり、聖書と宗教は同じものだと考えていた。

そのゲツェに対して、レッシングは「文字は霊ではない。聖書は宗教ではない」を公理として断言する。レッシングにとって、啓示と宗教は別物だった。聖書の研究はしたが、聖書は「信仰のドキュメント」ではなく、物語《ゲシヒテ》・歴史のテキストである。幾何学の定理を真だとみなすのは、その証明によるのであって、エウクレイデスの『原論』に書かれているからではない。それと同じように、私たちが宗教を信じるのは、文字がエビデンスだからではなく、宗教そのもののゆえなのだ。

ゲツェは、キリスト教を、キリストを、キリストが神の子であることを、あらゆる攻撃から守らなければならないと思っていた。レッシングは、真理はみずから真実であることを証明されるのだから、外側から認証される必要はないと考えていた。

こうしてゲツェとの宗教論争は、ますます激しくなり、レッシングは1778年7月6日、無検閲で出版する権利をブラウンシュヴァイク公に剝奪される。と同時に、宗教関係の出版を（つまり宗教論争を）禁止される。だがレッシングは黙ってはいられない。

そこで書いたのが、戯曲『賢者ナータン』（1779）である。体裁は戯曲だが、レッシングにとって『賢者ナータン』は、なによりも宗教論争の続編なのだ。古典新訳文庫版『賢者ナータン』の底本は、フランクフルト版レッシング全集の第9巻（1993）。（辞書や聖書に使われる）インディア紙で全1380ページの、この第9巻は、総タイトルが〈フラグメント論争Ⅱ〉。『賢者ナータン』の本文は483－627ページで、9番目の論争文書として収められている。

ドイツには「思想詩」という伝統がある。レッシングは、シェイクスピアが大好きで、ドイツにシェイクスピアを根づかせた演劇人でもあるのだが、『ナータン』は、シェイクスピアも使っていたブランク・ヴァース（ドイツ語では、ブランクフェルス）で書かれた5幕の劇詩だ。だが、つぶらな瞳も、星も、花も登場しない。戯曲は読みにくいのが相場だけれど、レッシングが自分の考えをしっかり伝えるために書いた論文『ナータン』は、〈舞台はエルサレム。時は第3回十字軍（1189‐1192）の停戦協定が成立した1192年の一日。サラディンは財政難〉というツボさえ押さえておけば、ミステリーのように一気に読めてしまう。

光を追うのではなく、光になれ。

『賢者ナータン』は、しばしば「寛容とヒューマニズムの賛歌」と呼ばれる（だから当然、ナチの時代は、上演が禁じられ、学校で読まれることもなかった）。なかでもスポットライトをよく浴びるのは、第3幕第7場の「3つの指輪の寓話」の場面だ。ボッカッチョの『十日物語《デカメロン》』は、ペストを逃れて男女10人がフィレンツェ郊外で10日間、暇つぶしに1人1話ずつ披露しあったお話100編だが、「3つの指輪の寓話」は、その第1日第3話の「指輪の寓話」【付録1】をネタにしている。しかし、そこはレッシング、しっかり練って、深い味に仕上げた。

『デカメロン』の指輪は、格別に美しくて高価な指輪にすぎないが、『ナータン』の指輪には、指輪の力を信じて指輪をはめている者を、神と人の前で好ましい人間にする不思議な力までもっている。

『デカメロン』では、3つの指輪はとてもよく似ていたので、どれが本物なのか見分けがつかない。3人の相続人のうち誰が本当の相続人なのか、決着がつかず、宙に浮いたまま。つまり話は、「多様性ですよね」で終わってしまう。しかし『ナータン』では、3人の息子がそれぞれ、自分のもらった指輪こそ本物だと裁判に訴える。その3人に忠告した裁判官の言葉に、耳を傾けてみよう。

「指輪には、指輪をはめている者を、神と人の前で好ましい人間にする不思議な力があるというのなら、一番愛されている者がいるはずだ。だが、3人ともそうではない。ならば、自分のもっている指輪こそが本物だと信じて、神と人に愛されるよう、めいめい励むがよい」

『デカメロン』では、本物の指輪をもってさえいれば、相続人になれる。所有しているだけで、所有者に価値が生まれるというブランド信仰だ。だが『ナータン』の裁判官は、それを反転させて、3人の息子がそれぞれ、本物の指輪にふさわしい価値をもつように励むがよい、と忠告する。指輪に価値があるのではない。指輪の持ち主のふるまいが、指輪に価値をあたえるのだ。光を追うのではなく、光になれ。

私は神学の愛好者であって、神学者ではない。

フラグメント論争のレッシングの敵役ゲツェにとって、「光」は聖書だった。聖書の字句を永遠の真理として、後生大事にしていた。たかが言葉なのにね。とまでは思わなかっただろうが、レッシングは「文字は霊ではない。聖書は宗教ではない」と考えていた。聖書の字句にはこだわらなかった。言葉はたいてい入口にすぎない。

「寓話（Die Parabel）」【付録2】は、ゲツェに宛てた『ひとつの寓話（Eine Parabel）』（1778）という文書でセンターに位置する逸品だ。フラグメント論争の文脈で読むなら、「宮殿」はキリスト教のことであり、「古い図面」が聖書のこと。「融通のきかない言葉礼拝《ミサ》」をからかっている。もちろん、別の文脈で楽しむこともできるモダンで透明感のある寓話だ。

この「寓話（Die Parabel）」の後ろに添えられた「断り状」のなかで、レッシングは、カトリック教会を批判して「聖書のみ」と言ったルターにむかって、「誤解された偉大な人物よ」と呼びかけている。

「あなたはわれわれを伝統のくびきから解放してくれた。あなた以外の誰がわれわれを、伝統より耐えがたい文字のくびきから解放してくれるのか！　あなた以外の誰が、われわれにキリスト教をもたらしてくれるのか。この現代にあなたが教えてくれるようなキリスト教を、キリストみずからが教えてくれるようなキリスト教を！　あなた以外の誰が――」

「あなた以外の誰」とは？　それは私だ、と、レッシングが胸を張っているような文章である。ハイネも認めるように、レッシングはルターの後継者なのだ。『ひとつの寓話（Eine Parabel）』の直後に書いた『公理』（１７７８）のなかで、レッシングは「文字のくびきから解放」する方法を書いている。

「私は神学の愛好者であって、神学者ではない。私はどんなシステムにも忠誠を誓う必要がなかった。私は自分の言葉でしゃべる以外、どんなことにも縛られていない」。ちなみにニーチェも、ヴィトゲンシュタインも、アカデミズムを嫌い、軽蔑していた。

詩「レッシング」にケストナーも書いている。「彼はひとりで立ち、正々堂々と闘い、／時代に風穴をあけた。／この世でなんといっても危険なやつは、／勇敢で、群れない者だ！」

なにかを定義すると、定義からズレたものに目を向けなくなってしまう。レッシングは、神学や神学者の言葉にこだわらなかった。立派な肩書があるからといって、よい判断ができるとはかぎらない。専門家だからといって、まともな仕事ができるとはかぎらない。大事な面を見落としている可能性がある。肩書や専門家というレッテルだけで中身まで信じてしまうのは、言葉の「光」に目がくらんでいるからだろう。

「わかったつもりにならない」の巨匠《マエストロ》

レッシングは演劇が大好きだった。戯曲もたくさん書いている。『ハンブルク演劇論』という仕事もしている。シェイクスピアをドイツに根づかせたのも、レッシングだ。

シェイクスピアの魅力が奥深いのは、なぜ？　理由のひとつは、「人間とはこういうものだ」と断定するのではなく、「人間とはこういうものでもある」ということが、いや、「人間とはわからない」ということが、わかるからかもしれない。

シェイクスピアが偉大なのは、ネガティブ・ケイパビリティ（「わかったつもりにならない」能力)があるからだ、と、イギリスの詩人キーツ(1795－1821)が弟に宛てた手紙(1817)に書いている。キーツは科学に否定的だったが、「わかったつもりにならない」というセンスは、大事なベクトルで、すぐれた科学者の目印になる。まともな科学者なら、答えに満足せず、問いつづける。ようやく近ごろ、この国でも「わからなさ」が市民権をもちはじめてきたようだが。

「わかる」を漢字で書けば「分かる」。私たちにはたぶん分からない「全体」を、私たちは「一部」だけ切り取って(つまり線を引いて、分けて)、それでわかったつもりになっていることが多い。「わかったつもりにならない」は、頭から「わからない」と開き直ることではない。「わからない」から追求しつづけようとする謙虚な姿勢のことだ。レッシングは、「わかったつもりにならない」の巨匠《マエストロ》だった。

「3つの指輪の寓話」の裁判官の忠告は、「わかったつもりにならない」センスにあふれている。3つの指輪は、ユダヤ教、キリスト教、イスラム教の比喩として語られているが、その3つはどれも、人間には永遠に到達できない真の宗教に向かう途上にあるものにすぎない、というわけだ。

「3つの指輪の寓話」だけでなく、『ナータン』のストーリー全体で、レッシングは、ヒューマニズムと寛容の精神を謳っている。『ナータン』の舞台は、先にも書いたように、第3回十字軍の停戦協定が成立した1192年の、エルサレムのある一日。ナータンのモデルは、レッシングの友人でユダヤ人の哲学者・啓蒙思想家モーゼス・メンデルスゾーン（1729－1786）と言われている。作曲家メンデルスゾーンの祖父でもある。カントとも文通していた。イスラムの最高権力者《スルタン》のサラディンのモデルは、寛容な君主として名高いサラディン［＝サラーフ・アッ＝ディーン］（1137または1138－1193）。ユダヤ人のナータンも、イスラム教徒のサラディンも、好意的に描かれている。それに対して、キリスト教徒のダーヤは、宗教にかんしては偏狭だし、牧師ゲツェの影が見え隠れする総大司教も、杓子定規で狭量だ。十字軍の残酷さも描かれている。レッシングが身内のキリスト教界への批判をこめているのは、当然の配慮だろう。

この絶妙なバランス感覚があるからか、『ナータン』では、西洋が上から目線で勝手につくりあげたオリエント像、つまり「異質な他者」が感じられない。サイードは、オリエントを支配・再構成・威圧するための西洋のスタイルを「オリエンタリズム」

と呼んだけれど、『ナータン』にはオリエンタリズムの影が感じられないから、明るい雰囲気があるのだろう。

「わかったつもりにならない」謙虚さが、レッシングの底力の源泉だ。

「もしも神が、右手にすべての真理をにぎりしめ、左手には真理を常に探究しつづける欲求だけをにぎりしめているとしよう。しかもその欲求は、お前を常にそして永遠に迷わせることになる。そしてそのとき神に〈どちらかを選べ！〉と言われたなら、私は、うやうやしく神の左手にすがって、こう言うだろう。〈父よ、こちらをください！　純粋な真理は、ただひとりあなた様のものですから〉」（『再々抗弁』１７７８）

危険に直面して行動を迫られた場合は、わかったつもりになって決断するしかないが、普段、ちょっとものを考える人なら、簡単にわかったつもりにはならないだろう。レッシングは「わかったつもりにならない」を劇的に表現しているが、ひねくれ者のカフカは、１９２０年６月23日、恋人のミレナにこうつぶやいている。「真実を言うことはむずかしい。たしかに真実はひとつだが、真実は生きているので、生き物のように顔を変えるからです」

『永遠の平和のために』

レッシングが死んだ1781年に、カントの『純粋理性批判』が出版された。

ハイネの悪口を借りれば、「廷臣のような冷えきったお役所言葉を、自分の思想に着せた」本だったため、コペルニクス的転回はすぐには世に認められなかったが、『純粋理性批判』もまた謙虚に、理性の限界をわきまえて、「わかったつもりにならない」センスに満ちている。人間にはわかりっこない「物自体」（カント）と「神の右手」（レッシング）は、親戚みたいだ。たとえば一神教の神のように、人間には歯が立たない「絶対者」といったものを想定しておくと、人間は上から目線にならず、しっかり謙虚になれる。レッシングやカントの啓蒙の18世紀は、現代より謙虚だった。

『ナータン』でレッシングは、さらりと十字軍の残虐さに触れているが、カントも『永遠の平和のために』（1795）のなかで、さらりとヨーロッパの「正義」を批判している。ヨーロッパの横暴を体現した東インド会社を念頭におきながら、「ヨーロッパ諸国にとって、見知らぬ土地や民族を訪問することは、その土地や民族を征服することと同じ意味なのだ」。「そしてこういうことをやりたがっているのが、敬虔な信仰を大げさに売り物にしているヨーロッパ諸国なのだ。不正を水のように飲みながら［旧約聖書『ヨブ記』15・15‐16］、神の正しさを信じることにかけては、自分たちこそが選ばれた者なのだと思われたがっているのだから」

またカントは『永遠の平和のために』の注で、さまざまな種類の信仰があり、さまざまな教典があることに触れてから、こう書いている。「しかし宗教としては、すべての人とすべての時代に通用する、ただひとつの宗教があるだけである。だから、さまざまな信仰や教典に含まれているのは、宗教を運ぶ乗り物でしかないだろう。その乗り物は、偶然の産物であり、時代や場所が違えば、その種類もさまざまになる」。『ナータン』の裁判官の横顔は、レッシングだけでなく、カントにも似ている。

理性が劣化して、勘定することを忘れ、感情をうまくコントロールできない人が、SNSのおかげで、以前より目立つようになった。わかったつもりになって、自分の正しさを疑わず、それを他者に押しつけてしまう。こんにちの啓蒙主義は、上から目線の乱暴者。乱暴者は怖いけれど、その力は底が浅い（と思いたい）。ドイツ啓蒙思想の古典は、あんまり肉の喜びはないけれど、懐石料理のように温かい。謙虚で「わかったつもりにならない」から、底力がある。

レッシング年譜

1729年
1月22日、ドイツのザクセンの小さな町カーメンツ（ドレスデンの北40km）に生まれる。（後にカーメンツは「レッシングの町」と呼ばれるようになる）。正式の名前は、ゴットホルト・エフライム・レッシング。父は、ルター派の牧師、ヨハン・ゴットフリート・レッシング（1693〜1770）。母は、ユスティーネ・ザーロメ・レッシング、旧姓フェラー（1703〜1777）。

1741年 12歳
マイセン（ドレスデンの北西25km）にあるザクセン選帝侯立の聖アフラ校に入学。成績優秀で、1年後には、カルロヴィッツ家の奨学金をもらって特待生となる。

1746年 17歳
ライプツィヒ大学に入学。最初は父の希望で神学を勉強したが、まもなく興味を失い、文学や演劇にのめり込むようになる。

1748年 19歳
医学の勉強を始めて、ヴィッテンベル

ク大学に移る。11月、ベルリンに移る。喜劇『若い学者』『女嫌い』『年寄りの処女』

1749年　20歳
喜劇『ユダヤ人』

1750年　21歳
ベルリンの（後に「フォス新聞」となる）新聞で編集をしたり、評論を書いたりするようになる。フリードリヒ大王に招かれてベルリンに滞在していたヴォルテールに出会う。

1751年　22歳
ヴィッテンベルクに移る。医学生として倫理、歴史、ギリシャ文学、哲学、数学、物理学などを勉強して、自由7科《リベラル・アーツ》の学位をとる。

1752年　23歳
ベルリンに戻る。

1754年　25歳
哲学者モーゼス・メンデルスゾーン（1729〜1786）と友達になる。

1755年　26歳
詩人・軍人のエーヴァルト・フォン・クライストと友達になる。悲劇『サラ・サンプソン嬢』（『著作集』第6巻）、フランクフルト・アン・デア・オーダーで初演。10月、ライプツィヒへ移る。

1756年　27歳
商人ヴィンクラーのお供で、ライプツィヒ、ドレスデン、カーメンツ、アムステルダムに行く。その旅の途中で

7年戦争（1756～1763）が勃発したため、ライプツィヒに戻る。

1758年　29歳
5月、ベルリンに戻る。雑誌『演劇文庫』刊行によって、活発に演劇批評をする。

1759年　30歳
1月、友人のニコライやメンデルスゾーンといっしょに雑誌『最近の文学に関する書簡』（1765年まで）を発刊。

1760年　31歳
11月、ベルリンを去り、ブレスラウへ。プロイセンの司令官タウエンツィーン将軍の秘書官として、ブレスラウに滞在した約5年間、論文や創作の材料を集め、腹案を練る。

1764年　35歳
11月、重い病気のため、秘書官を辞任。喜劇『ミナ・フォン・バルンヘルム』に着手。

1765年　36歳
ベルリン王立図書館司書になろうとするが、果たせず。

1766年　37歳
美学論文『ラオコーン、あるいは絵画と詩の境界について』

1767年　38歳
9月30日、『ミナ・フォン・バルンヘルム』、ハンブルクで初演。ハンブルク国民劇場に芸術顧問・評論家として招かれる。『ハンブルク演劇論』第

1巻。

1768年 39歳
理神論と聖書批判で知られるヘルマン・ザームエル・ライマールス（1694〜1768）死去。

1769年 40歳
『ハンブルク演劇論』第2巻。

1770年 41歳
ブラウンシュヴァイク大公アウグストの設立したヴォルフェンビュッテル図書館の司書になる。はじめての定職。ヨハン・ゴットフリート・ヘルダー（1744〜1803）、マティアス・クラウディウス（1740〜1815）と出会う。

1771年 42歳
エーファ・ケーニヒ（1736〜1778）と婚約。彼女は、レッシングの友人で絹商人の未亡人。フリーメイソンのハンブルク支部《ロッジ》の会員になる。

1772年 43歳
悲劇『エミーリア・ガロッティ』、ブラウンシュヴァイク大公妃の誕生日に初演。

1773年 44歳
『歴史と文学について。ヴォルフェンビュッテルの〈アウグスト公の図書館（HAB）〉の貴重文書から』Ⅰ、Ⅱ。

1774年 45歳
『歴史と文学について』Ⅲ。ここに収められているのが、『牧師アダム・ノイザーについて』『理神論者の寛容について』(いわゆる〈ライマールス断章《フラグメント》〉の最初のフラグメント)。

1775年　46歳
ブラウンシュヴァイクからウィーンへ旅行。ブラウンシュヴァイク公子レオポルトのお供でローマやナポリへのイタリア旅行。12月末に帰国。

1776年　47歳
ヴォルフェンビュッテルに戻る。10月8日、ヨルク(ハンブルク郊外)の教会でエーファ・ケーニヒと結婚式。

1777年　48歳
『歴史と文学について』Ⅳ。ここには、『人類の教育』(53番まで。cf.『人類の教育』は全100番)、ライマールスの聖書批判セレクションに寄せた『編集者がつけた対位旋律』、ライマールス・フラグメントを編集した『無名人の5つの断章』、『霊および力の証明について』、『ヨハネの遺言』が収められている。
12月24日、長男トラウゴット(妻エーファにとっては8人目の子ども)が難産で生まれるが、その翌日に死ぬ。

1778年　49歳
1月10日、妻エーファが産褥熱で死ぬ。『再々抗弁』。ハンブルクの牧師ヨハン・メルヒオル・ゲッツェとの論争で書いた『必要な答え』、『ひとつの寓話』、『公理』、『反ゲッツェ1~11』。『エルンストとファルクⅠ~Ⅲ』。『フリーメイソンのための対話』。ライマールス・

フラグメント『イエスとその使徒たちの目的』。
7月6日。検閲なしに出版する権利をブラウンシュヴァイク公に剝奪される。と同時に、宗教関係の出版を（つまり宗教論争を）禁止される。

1779年 50歳
『賢者ナータン』出版（10月15日、マンハイムで私的上演）。

1780年 51歳
『エルンストとファルクⅣ～Ⅴ』。『人類の教育』。『キリストの宗教』。フリードリヒ・ハインリヒ・ヤコービ（1743～1819）がヴォルフェンビュッテルに訪ねてくる。彼とスピノザ主義について話をする。
1781年 52歳
2月15日、夜8時から9時のあいだに肺水腫で亡くなる。ブラウンシュヴァイクに埋葬される。

1783年
4月14日、『賢者ナータン』、ベルリンで初演。

訳者あとがき

この本は、Gotthold Ephraim Lessing の *Nathan der Weise. Ein dramatisches Gedicht, in fünf Aufzügen* 1779 の翻訳です。

底本は、Gotthold Ephraim Lessing: *Werke und Briefe in zwölf Bänden: Band 9: Werke 1778-1780* ; Herausgegeben von Klaus Bohnen und Arno Schilson. Frankfurt am Main: Deutscher Klassiker Verlag 1993。以下、【Werke 1778-1780】と略記。

【付録1】〈指輪の寓話〉１３４８年［?］は、ボッカッチョ『デカメロン』の第1日第3話。光文社古典新訳文庫では、イタリア語からの翻訳ではなく、【Werke 1778-1780】に収められているカール・ヴィッテのドイツ語訳（１８５９）からの重訳です。

【付録2】〈寓話〉１７７８年は、レッシングがハンブルクの牧師ゲツェに宛てた文書『ひとつの寓話［Eine Parabel］』のなかの1編「寓話［Die Parabel］」で、【Werke 1778-1780】に所収。

古典新訳文庫版の年譜と（文中の［ ］内の）訳者補足は、フランクフルト版レッシング全集【Werke 1778-1780】にもとづいたコンパクトなベーシック文庫版Suhrkamp BasisBibliothek 41（2003）に、おもに拠っています。

聖書の翻訳は、日本語訳聖書のものではなく、ドイツ語訳聖書からの翻訳です。

＊＊＊

ケストナーの詩「レッシング」の、最初の2行をもう一度。

彼が書いたものは、ときどき詩だった。
詩を書こうと思って、書いたことはない。

レッシングは、論争のマエストロだった。ほとんど散文で書いた。だが劇詩『賢者ナータン』は、めずらしく散文ではなく、ブランクフェルス（Blankvers）で書かれている。

〈ブランク［押韻がない］＋フェルス［詩］〉は、英語だとブランク・ヴァース（blank verse）。ドイツでは17世紀末にイングランドから輸入して使われるようになった。ポイントは押韻ではなく強弱。弱強5歩格というスタイルがポピュラーで、たとえばハムレットのせりふ――〝To（弱）be（強）, or（弱）not（強）to（弱）be（強）: that（弱）is（強）the（弱）question（強）〟。

英語とドイツ語は近い親戚だが、ドイツ語と日本語は、遠縁も遠縁だ。ドイツ語は屈折語で、音も強弱がはっきりしているが、日本語は膠着語《こうちゃくご》で、音もフラット。『ナータン』のブランクフェルスを日本語に反映させることは、無理な相談だ。それに『ナータン』は、レッシングが論文がわりに書いたものだから、レッシングの考えを追いかけることができれば上等と割り切って、散文訳にした。

『ナータン』の舞台は、第3回十字軍（1189－1192）の停戦協定が成立した

1192年の、エルサレムの一日。家父長制がしっかりあった時代だが、ていねい表現はできるだけ少なくした。馬鹿ていねいに「でございます」を連発する政治家のせいで、近ごろの日本語のていねい表現は、まどろっこしいだけではなく、ウソくさく感じられるようになったことだし。

ミヒャエル・エンデは、ケストナーと違って、「啓蒙家」と呼ばれるのを嫌ったが、20世紀後半を代表するロマン的啓蒙主義者だ。彼の『遺産相続ゲーム』（岩波書店）は、エンデ文学のX線写真のような戯曲で、1967年フランクフルトでの初演は失敗に終わったが、1984年になってケルンで再演され、好評をはくした。

そのケルンの劇場、テアーター・デア・ケラーの公演プログラムで、ひときわ目をひくページがあった。左半分には、ボスの絵『快楽の園』の右翼パネル〈地獄〉の「樹幹人間」と「耳の戦車」の部分が引用され、ページの右半分には小さな字でぎっしり、レッシングの「3つの指輪の寓話」の主要部分が引用されていた。

レッシングは、エンデにとって大事な存在だった。『M・エンデが読んだ本』（岩波書店)は、エンデの人生に決定的な影響をあたえたテキストや、エンデに問いを投げつづけているテキストを25編、エンデ自身が編んだ濃密なアンソロジーだ。エンデは〈永遠の子ども〉の友として知られているが、このアンソロジーからは、けっこう気むずかしくて、一筋縄ではいかない舞台裏のエンデの、もうひとつの顔が見えてくる。その25編のうちの1編が、レッシング晩年の『人類の教育』の76番から100番。噛みごたえのある深い文章なので、機会があれば、どうぞお目通しを。

ミリヤム・プレスラーが「『賢者ナータン』への推薦状」を書いている。『賢者ナータンと子どもたち』(岩波書店)だ。レッシングのすばらしい精神を知ってもらいたいが、レッシングの芝居は今の子どもには読みにくいのではないか。そう考えた人気作家が、歴史的な背景を書き込み、登場人物を追加して、小説にリメイクした。『賢者ナータン』の副読本、または参考書といったところだろうか。

けれどもプレスラーの心配は杞憂かもしれない。私は中学生のとき、岩波文庫の『賢人ナータン』を買ったその日に、ミステリーのように一気に読んだ。私が「今の子ども」ではなかったから？　たまたま当時、十字軍の経緯《いきさつ》をちょっと齧《かじ》っていたたから？

『賢者ナータン』を訳しながら、あちこちでシニカルな発言に出くわして楽しかった。たとえば、

〈だらけきった人間にかぎって、信心深く夢中になって熱狂したがるものだ。それはね、――さしあたり、はっきりその気がなくとも――ともかく信心深く夢中になって熱狂しておけば、よい行動をしなくてすむからだ〉とか。

〈ライオンは、キツネといっしょに狩りをすると、もちろん恥ずかしがる。――でも、キツネを恥ずかしがるのであって、策略を恥ずかしがったりしない〉とか。

〈迷信のなかで一番タチが悪いのは、自分の迷信がほかの迷信よりましだと思っている迷信です……〉とか。

＊＊＊

篠田英雄訳『賢人ナータン』（岩波文庫）から、いろいろ教わった。ありがとうご

ざいました。

いつものように今野哲男さん、光文社編集部の中町俊伸さんのお世話になった。いつものように中町さんに編集も担当していただいた。ありがとうございました。

2020年9月

丘沢 静也

kobunsha classics
光文社古典新訳文庫

賢者《けんじゃ》ナータン

著者 レッシング
訳者 丘沢《おかざわ》静《しず》也《や》

2020年11月20日　初版第1刷発行

発行者 田邉浩司
印刷 新藤慶昌堂
製本 ナショナル製本

発行所 株式会社光文社
〒112-8011東京都文京区音羽1-16-6
電話 03（5395）8162（編集部）
03（5395）8116（書籍販売部）
03（5395）8125（業務部）
www.kobunsha.com

ISBN978-4-334-75434-1 Printed in Japan

いま、息をしている言葉で、もういちど古典を

長い年月をかけて世界中で読み継がれてきたのが古典です。奥の深い味わいある作品ばかりがそろっており、この「古典の森」に分け入ることは人生のもっとも大きな喜びであることに異論のある人はいないはずです。しかしながら、こんなに豊饒で魅力に満ちた古典を、なぜわたしたちはこれほどまで疎んじてきたのでしょうか。

ひとつには古臭い教養主義からの逃走だったのかもしれません。真面目に文学や思想を論じることは、ある種の権威化であるという思いから、その呪縛から逃れるために、教養そのものを否定しすぎてしまったのではないでしょうか。

いま、時代は大きな転換期を迎えています。まれに見るスピードで歴史が動いていくのを多くの人々が実感していると思います。

こんな時わたしたちを支え、導いてくれるものが古典なのです。「いま、息をしている言葉で」——光文社の古典新訳文庫は、さまよえる現代人の心の奥底まで届くような言葉で、古典を現代に蘇らせることを意図して創刊されました。気取らず、自由に、心の赴くままに、気軽に手に取って楽しめる古典作品を、新訳という光のもとに読者に届けていくこと。それがこの文庫の使命だとわたしたちは考えています。

このシリーズについてのご意見、ご感想、ご要望をハガキ、手紙、メール等で翻訳編集部までお寄せください。今後の企画の参考にさせていただきます。
メール　info@kotensinyaku.jp

★続刊

キム　キプリング／木村政則・訳

十九世紀後半のインド。当地で生まれ育った英国人の少年キムが、激動の時代に国内を旅しながら、多彩な背景を持つ人々とともに力強く生きていく姿を描いた冒険・成長小説。英国人で初めてノーベル文学賞を受賞した作家の代表作の一つ。

戦争と平和4　トルストイ／望月哲男・訳

ナターシャとの破局後、軍務に復帰したアンドレイは実戦部隊で戦闘に参加。途中、父の領地への敵の接近を報せるが、退避目前で父は死去し、妹は領地の農民の反抗にあう。一方ピエールは、モスクワへ迫るナポレオン軍との戦いの現場に乗り込む。

19世紀イタリア怪奇幻想短篇集　橋本勝雄・編訳

ひょんなきっかけで亡霊が男爵に取り憑く「木苺のなかの魂」、〈真実の口〉ドン・ペッピーノが王の家族に忠義心を試される寓話風の「三匹のカタツムリ」ほか、どこか一癖ある19世紀イタリア文学の怪奇幻想短篇を収録。9篇すべて本邦初訳！